Jacopo Ortis.

Paris 1814.

LE PROSCRIT.

Les personnes qui désireront se procurer le catalogue des livres de fonds et d'assortiment qui se trouvent à la librairié de PIDLET, peuvent le faire demander. On le délivre *gratis*.

DD L'IMPRIMERIE DE PILLET.

LE PROSCRIT,

OU

LETTRES

DE JACOPO ORTIS,

TRADUITES DE L'ITALIEN SUR LA 2ᵉ ÉDITION,

PAR M. DE S***.

Natura clamat ab ipso vox tumulo.

TOME SECOND.

—

PARIS,

CHEZ PILLET, IMPRIMEUR-LIBRAIRE,

RUE CHRISTINE, Nº 5.

—

1814.

LE PROSCRIT,

OU

LETTRES

DE JACOPO ORTIS.

LORENZO AU LECTEUR.

Peut-être, lecteur, as-tu pris quelque intérêt au malheureux Jacopo, et désires-tu connaître les suites de la funeste passion qui le consumait. Je vais donc, pour te mettre au courant, interrompre un instant la suite de cette correspondance.

La mort de Laurette accrut sa

mélancolie , que le retour pro-
chain d'Edouard rendait encore
plus sombre. Il devint maigre ,
pâle , les yeux éteints, cavés et
hagards , la voix creuse , la démarche lente ; il sortait pour la
plupart du tems sans habit, sans
chapeau , les cheveux en désor-
dre ; il passait les nuits entières
à errer dans la campagne , et souvent pendant le jour on le ren-
contrait au pied d'un arbre et
plongé dans un profond sommeil.

Sur ces entrefaites , Edouard
revint accompagné d'un jeune
peintre , qui venait de quitter
Rome pour retourner dans sa
patrie. Ce jour même ils rencon-
trèrent Jacopo. Edouard fut au-
devant de lui pour l'embrasser.
Mais Jacopo se rejeta en arrière

avec un mouvement d'effroi. Le peintre lui dit, qu'ayant entendu parler de sa personne et de ses talens, il désirait depuis long-tems le connaître..... — *Moi ?* s'écria Jacopo, *je suis un infortuné!....* —Il n'en dit pas davantage, s'enveloppa dans son manteau, s'enfonça sous les arbres et disparut. Edouard se plaignit de cet accueil au père de Thérèse, qui commençait déjà a en soupçonner la véritable cause.

Thérèse était douée d'un caratère plus calme, mais d'une ame simple et profondément sensible. Portée d'ailleurs vers une douce mélancolie, et privée dans la solitude de tout autre ami de cœur, à l'âge où le doux besoin d'aimer et d'être aimée se fait entendre, elle

donna d'abord toute sa confiance
à Jacopo, et bientôt il se rendit
maître de ses plus chères affec-
tions ; mais elle n'osait pas se
l'avouer à elle-même ; et depuis ce
fatal baiser, elle montrait la plus
grande réserve, fuyait son amant,
et tremblait en présence de son
père. Séparée de sa mère, sans
conseil et sans appui, combattue
tout à la-fois par l'amour et par la
vertu, elle devint rêveuse et solitaire ; elle gardait le plus profond
silence, lisait toujours, négligeait
le dessin, la harpe, ne s'occupait
plus de sa parure, et souvent les
domestiques la surprirent versant
des larmes. Elle évitait la société
de ses jeunes amies, qui étaient
venues passer la belle saison aux
Collines ; elle les fuyait toutes ; sa

petite sœur elle-même lui semblait importune, et dans la mélancolie dont son cœur était consumé, elle ne cherchait que la solitude, et ne se plaisait plus que dans les endroits les plus sombres du jardin.

Il régnait dans toute la maison un silence et une sorte de réserve qui excitèrent les soupçons d'Edouard, déjà blessé par les manières dédaigneuses de Jacopo, toujours incapable du moindre déguisement. Ce malheureux jeune homme, naturellement sérieux et réservé dans le monde, était expansif avec ses amis, et se livrait facilement avec eux à toute la gaîté de son caractère. Mais depuis quelque tems, ses paroles et ses actions se ressentaient de l'amertume et de l'agitation de son ame.

Un soir entre autres, poussé à
bout par Édouard qui cherchait
à justifier le traité de Campo-
Formio, il se mit, dans l'ardeur
de la dispute, à crier comme un
insensé, à se frapper la tête et à
pleurer de colère. Son air était
toujours égaré : M. T*** me raconta
que depuis tantôt il était enseveli
dans de profondes rêveries, et
que tantôt dans la conversation il
s'enflammait subitement; que ses
yeux exprimaient l'effroi, et que
tout-à-coup il les baissait pour
dérober ses larmes. Édouard devint plus circonspect et soupçonna la raison du changement
qu'il remarquait dans les manières
d'Ortis.

C'est ainsi que se passa tout le
mois de juin ; le pauvre jeune

homme devenait de jour en jour
plus sombre et plus malade. Il
n'écrivait plus à sa famille, il ne
répondait plus à mes lettres. Les
paysans le virent souvent à cheval
courir à bride abattue à travers les
fossés, les précipices et les lieux
les plus escarpés, et l'on ne peut
concevoir comment dans ses
courses il n'est pas devenu la victime de quelque funeste accident.
Un matin le peintre était occupé
à dessiner la vue des montagnes,
lorsqu'il entendit retentir la voix
de Jacopo au milieu des bois; il
s'approcha sans bruit, et l'aperçut déclamant une scène de Saül.
L'infortuné s'arrêta tout pensif
après avoir prononcé ces vers du
second acte :

. . . . Precipitoso
Già mi sarei fra gl' inimici ferri
Scagliato io da gran tempo, avrei gi-à-tronca
Così la vita orribile ch' io vivo (1).

Le peintre le vit ensuite se traîner jusqu'au sommet de la montagne, s'avancer les bras étendus, regarder au fond de l'abîme d'un air déterminé, et se rejeter tout-à-coup en arrière en s'écriant: *O ma mère !*

Un dimanche, on l'avait invité chez M. T*** ; en attendant le dîné il supplia Thérèse de jouer de la harpe, et lui présenta lui-même l'instrument. Son père entra lorsqu'elle commençait, et s'assit au-

---

(1) Depuis long-tems je me serais précipité sur le fer des ennemis, et j'aurais ainsi tranché des jours dont le poids m'est odieux.

près d'elle. Jacopo paraissait
plongé dans une tristesse déli-
cieuse, et ses traits abattus sem-
blaient se ranimer; mais peu-à-
peu il baissa la tête, et retomba
dans une mélancolie plus touchante
encore qu'auparavant. Thérèse le
regardait à la dérobée, et s'effor-
çait de retenir ses larmes. Jacopo
s'en aperçut, et n'étant plus maître
de lui-même, il se leva et sortit.
M. T*** lui-même ne put résister
à son attendrissement; il se retourna vers Thérèse, et lui dit:
O ma fille, dans quel abîme de
maux veux-tu donc te précipiter!
A ces mots ses pleurs se firent
passage et coulèrent avec abon-
dance; elle se jeta dans les bras
de son père, et lui avoua...—Dans
ce moment même Edouard vint

les avertir pour se mettre à table,
et l'attitude de Thérèse, le trouble
de M. T***, le confirmèrent dans
ses premiers soupçons. C'est de
la bouche même de Thérèse que
je tiens tous ces détails.

Le matin du jour suivant, 7 juillet, Jacopo vint chez Thérèse, et
la trouva avec Edouard et le peintre, qui faisait le portrait des deux
époux. Thérèse, confuse et tremblante, eut l'air d'avoir oublié de
donner quelques ordres ; elle se
leva tout-à-coup, et en passant
auprès de Jacopo, elle lui dit avec
inquiétude et à voix basse : « *Mon
père sait tout.* » Jacopo ne répondit pas un seul mot ; mais, après
avoir fait trois ou quatre tours dans
l'appartement, il sortit. Personne
ne l'aperçut de tout le jour. Mi-

chel qui l'attendait à l'heure du dîner le chercha vainement jusqu'au soir ; il ne revint à la maison qu'après minuit, et se jeta tout habillé sur son lit, puis il envoya coucher son domestique, et se leva un moment après pour m'écrire.

———

Minuit.

AUTREFOIS j'offrais mes remerciemens et mes vœux à la Divinité, mais sans la craindre. Aujourd'hui que je ressens tous le poids du malheur, je la redoute en l'invoquant.

Mon esprit est aveuglé, mon ame est sans force, mon corps est frappé d'une langueur mortelle.

Oh ! oui , les infortunés ont be-

soin d'un autre monde que celui-
ci, où ils ne mangent qu'un pain
amer, où ils ne boivent qu'une
eau trempée de leurs larmes. L'i-
magination crée cet autre univers, et le cœur se console. La
vertu, toujours malheureuse ici-
bas, se soutient par l'espoir d'une
récompense. — Mais combien sont
à plaindre ceux que la religion
seule détourne des voies du crime.

Je me suis prosterné dans une
chapelle située près d'Arqua, car
je sentais que la main de Dieu pe-
sait sur mon cœur.

Mon cœur serait - il faible, ô
Lorenzo! Ah! que le ciel ne te
fasse jamais sentir le besoin de la
solitude, des larmes et de la
prière.

Deux heures.

LE ciel est orageux, les étoiles sont rares et sans éclat, et la lune, ensevelie à moitié sous les nuages, frappe ma fenêtre de ses pâles rayons.

—

Au point du jour.

LORENZO, ne m'entends-tu pas? Ton ami t'appelle. Quel songe! le jour va naître, et peut-être pour aigrir mes maux. — Dieu est sourd à mes cris; il me condamne à chaque instant à l'agonie de la mort; il me condamne à maudire une vie qui n'est pourtant souillée par aucun crime.

Quoi! si tu es *un Dieu fort, puissant, jaloux, qui punit les*

*iniquités des pères sur leurs en-
fans, qui visite dans ta fureur la
troisième et la quatrième généra-
rations,* puis-je espérer de trouver
grâce devant tes yeux? Non. Souffle
en moi le feu de ta colère qui doit
dévorer des millions de peuples
auxquels tu n'as pas daigné révéler
ton nom.

Cependant, hélas! je le sens,
j'ai besoin de toi; mais dépouillé
des attributs dont il a plu aux
hommes de te revêtir pour te faire
à leur image. N'es-tu pas le père
de la nature, le consolateur des
affligés? Ne sois donc pas sourd à
mes prières. Ce cœur te connaît;
mais ne t'offense pas des larmes
qu'exige la nature. Je ne murmure
pas contre toi. Je pleure, je t'invoque, je voudrais délivrer mon

ame. — La délivrer? Oh! non, jamais; elle est vaincue, subjuguée, et ce n'est pas toi qu'elle adore.

L'aveu m'en est échappé, Lorenzo ; voilà mon crime, voilà pourquoi Dieu a détourné de moi ses regards. Je ne l'ai jamais adoré comme j'adore Thérèse. — O blasphème ! comparer à Dieu celle qu'un souffle fera rentrer dans la mort, dans le néant ! Dois-je opposer Thérèse à Dieu même?... mais quelle beauté céleste, toute puissante se répand autour d'elle ! Je jette un regard sur l'univers, je contemple avec étonnement l'éternité ; tout est chaos, tout s'évapore et s'anéantit; Dieu lui-même est incompréhensible ;... mais Thérèse, Thérèse est toujours là devant mes yeux.

Deux jours après il tomba malade; le père de Thérèse vint le
voir, et profita de cette circons-
tance pour lui persuader de s'éloigner des monts Euganéens. Discret et généreux, il estimait le caractère noble et l'ame élevée de
Jacopo, et le regardait comme son
meilleur ami. Il m'assura qu'il aurait peut-être cru dans d'autres
circonstances faire le bonheur de
sa fille en lui donnant pour époux
un homme qui n'avait aucun des
vices de son tems, et dont le cœur et
la vertu étaient, comme il le disait,
d'un autre siècle. Mais Edouard
était riche, et d'une famille dont
l'alliance devait mettre M. T*** à
l'abri des intrigues de ses ennemis
qui lui reprochaient vivement ses
opinions politiques. — L'alliance

d'Ortis, au contraire, ne pouvait qu'accélérer encore leur ruine commune. D'ailleurs , M. T*** avait engagé sa parole , et pour la tenir, il s'était déjà séparé d'une épouse chérie. L'état de ses affaires ne lui permettait pas non plus de donner à Thérèse une dot considérable , nécessaire à la fortune médiocre d'Ortis. M. T*** m'écrivit lui-même tous ces détails , et les donna à Jacopo qui l'écouta avec la plus grande patience. Mais lorsqu'il entendit parler de dot: « Non, s'écriat-il , exilé, pauvre, sans éclat dans le monde , j'aimerais mieux m'enterrer vivant que de demander votre fille pour épouse ; je suis infortuné , mais non pas vil : je n'établirai jamais ma fortune sur la dot de ma femme. Votre fille est

*

riche, elle est promise. » — Ainsi donc, reprit M. T***... Jacopo ne répondit rien, mais il leva les yeux vers le ciel, et après un long silence : « *O Thérèse! s'écria-t-il, suis donc malheureuse!* — Oh! mon ami, lui dit alors tendrement M. T***, qui la rend malheureuse, si ce n'est vous? par amour pour moi, elle s'était résignée à son sort; seule elle pouvait un jour réunir ses malheureux parens : elle vous a aimé, et depuis ce tems, vous qui cependant l'adorez avec tant de délicatesse, vous l'avez éloignée de son époux, et vous troublez la paix d'une famille dans laquelle vous avez toujours été regardé comme un fils. Rendez-vous, je vous en conjure, éloignez-vous pour quelque tems. Vous avez

peut-être craint de trouver en moi
un père inexorable ; mais , hélas !
j'ai moi - même été trop malheureux ; j'ai connu les passions , je
sais compâtir à leur faiblesse :
ayez pitié de moi, de votre jeunesse , de la réputation de Thérèse.
Sa beauté , sa santé même sont
languissantes : son ame est plongée
dans la douleur, et vous seul en
êtes la cause. Je vous en conjure ,
au nom de Thérèse , parlez. Sa-
crifiez votre amour à son bonheur ;
et ne me rendez pas le plus malheureux des pères. »

Jacopo parut attendri ; mais il
ne répondit rien. —Son mal s'ag-
grava , et les jours suivans il fut
saisi d'une fièvre ardente.

Cependant , effrayé par les dernières lettres de Jacopo et par

celles du père de Thérèse , j'employai tous les moyens possibles pour accélérer le départ de mon pauvre ami , seul remède que je visse à sa passion violente. Je n'eus pas le courage d'en parler à sa mère , qui connaissait toute l'exagération de son caractère ; je lui dis seulement que son fils était un peu malade , et que le changement d'air lui serait favorable.

Ce fut l'époque où la persécution fit de si cruels progrès dans Venise : des tribunaux inexorables et tout-puissans avaient remplacé les lois. Il n'y avait plus d'accusateurs ni de défenseurs ; mais seulement des espions des pensées les plus secrètes, et des délits inconnus jusqu'alors , étaient frappés par des peines irrévocables et subites. Les citoyens ,

en butte aux soupçons les plus
graves, gémissaient dans l'horreur
des prisons. Les autres, en dépit
d'une réputation depuis long-tems
sans tache, se voyaient arrachés
pendant la nuit de leurs maisons,
frappés par des soldats furieux,
traînés jusqu'aux frontières de
l'État, abandonnés à l'aventure,
privés de tout secours humain et
des embrassemens même de leurs
proches. Un petit nombre condamné à l'exil sans essuyer ni vio-
lences ni infamies, se crut traité
avec une extrême clémence. Moi-
même, à mon tour, j'éprouvai la
rage des persécuteurs, et d'autres
victimes subirent encore après moi
cette cruelle destinée; je parcours
depuis plusieurs mois toute l'Italie
en fugitif, et je tourne sans espé-

rance mes yeux pleins de larmes
vers les rivages de ma patrie. Mais
dans le premier moment, ne tremblant que pour Jacopo, j'engageai
sa mère à vaincre sa douleur, et
je lui persuadai d'écrire à son fils
de se réserver pour des circonstances plus favorables, et de chercher un asile dans quelque autre
pays. Cette prière était d'autant
plus raisonnable, que lui-même en
quittant Padoue avait allégué les
mêmes craintes. La lettre fut con-
fiée à un domestique qui arriva aux
Collines dans la soirée du 15 juillet.
Il trouva Jacopo encore alité, mais
son état était moins alarmant. Le
père de Thérèse était assis près de
lui. Ortis prit la lettre, la lut
tout bas et la mit ensuite sous son
oreiller. Un instant après il la relut

encore avec quelque émotion ; mais il ne fit rien connaître de ce qu'elle contenait.

Le 19 il se leva. Ce jour même sa mère lui récrivit en lui envoyant de l'argent, deux lettres de change, plusieurs lettres de recommandation , et en le conjurant de s'éloigner pour l'amour de Dieu. Dans l'après-dînée il fut chez Thérèse , et ne trouva que la petite Isabelle, qui raconta, toute attendrie , qu'il s'était assis , s'était levé un moment après , l'avait embrassée , et s'était éloigné sans rien dire. Il revint au bout d'une heure , rencontra encore Isabelle en montant l'escalier , la serra sur son cœur , l'embrassa plus d'une fois , et la mouilla de ses larmes. Il se mit ensuite à écrire , prit successive

ment plusieurs feuilles, et finit par
les déchirer toutes. Puis il redes-
cendit au jardin, où sur le soir
un domestique l'aperçut encore
couché sur le gazon. Quelque tems
après il le retrouva sur la porte
prêt à sortir, regardant attentive-
ment la maison qu'éclairaient alor
les rayons de la lune.

De retour chez lui, il renvoya l
messager, et répondit à sa mèr
qu'il partirait dès le lendemain a
lever de l'aurore. Il fit comman
der des chevaux à la poste voisine
écrivit avant de se coucher la lettr
suivante adressée à Thérèse, l;
remit au jardinier et partit au poin
du jour.

A Thérèse.

A neuf heures.

GRACE, grâce, ô Thérèse! j'ai empoisonné tes jours, j'ai troublé la paix de ta famille ; mais je vais fuir , oui...., je le dois. Je ne me croyais pas tant de force. Je puis te quitter sans mourir de douleur, sans mourir à tes pieds. Profitons de ce moment, avant que ma raison ne m'abandonne et que mon cœur ne reprenne son empire. Mais mon ame est absorbée dans une seule pensée ; je veux t'aimer toujours, je veux te pleurer éternellement.— Si tu l'exiges , je m'imposerai le devoir sacré de ne plus t'écrire ; j'étoufferai dans mon cœur tous mes gémissemens.... mais je ne te

verrai plus, plus jamais.... Aujour-
d'hui je t'ai vainement cherchée
pour te dire un dernier, un éternel
adieu. Ah! pardonne seulement, ma
Thérèse, pardonne ces dernières lignes que je baigne des larmes les plus
amères. Envoie-moi, en quelque
lieu, en quelque tems que ce soit,
envoie-moi ton portrait. Si l'amitié,
si l'amour.... si la pitié te parlent
encore en faveur d'un infortuné,
ne me refuse pas cet adoucissement
à mes maux. Ton père lui-même le
permettra, je l'espère. Il peut du
moins te voir, t'entendre, pleurer
avec toi ; mais moi, en proie à la
douleur, dévoré par une passion
funeste, fatigué de l'univers, ennemi du reste des hommes, un
pied dans la tombe enfin, je me
ranimerai jour et nuit en couvrant

de baisers ton image chérie, et c'est encore toi qui de loin me donnera la force de supporter le fardeau de l'existence. Mes nuits seront moins douloureuses, mes jours moins tristes et moins soli-taires, ce peu de jours qu'il me reste encore à traîner loin de toi. En mourant je tournerai vers toi mes derniers regards, je t'enverrai mon dernier soupir, je te livrerai mon ame toute entière; tu descendras avec moi dans le tombeau, attachée sur mon sein....

Ange du ciel! tu m'as donné des soins si tendres dans ma courte maladie. Je t'en remercie, je t'en rends grâce du fond de mon cœur.

J'ai conservé la seule lettre que tu m'aies écrite lorsque j'étais à Padoue. Tems heureux! qui m'eût

jamais dit q ue je devais le regretter
un jour ! lettre chérie, seul et précieux témoin de ma douleur, de
mon amour, jamais, non jamais
tu ne m'abandonneras. Oh ! ma
Thérèse ! je me nourris de chimères ; mais l'excès du malheur
laisse-t-il d'autres consolations ?
Adieu, pardonne-moi, ma Thérèse, pardonne-moi. — Hélas ! je
me croyais plus de courage !

Mon écriture est à peine lisi-
ble ; mais je t'écris dévoré par une
fièvre ardente, l'ame déchirée,
les yeux remplis de larmes.—Par
charité ne me refuse pas ton
portrait. Confie-le à Lorenzo.
Si je meurs avant qu'il ne. me
parvienne, Lorenzo le gardera
comme un héritage précieux et
sacré, qui lui rappellera sans cesse

et tes vertus, et ta beauté, et le
dernier, l'éternel, le déplorable
amour de son malheureux ami.
Adieu, adieu.

Si ma santé languissante, si mes
infortunes, si mon désespoir creu-
sent ma tombe, daigne charmer
mes derniers momens par la douce
certitude que tu m'as aimé... Oh!
maintenant je sens à quelle douleur je t'abandonne. Si j'avais pu
mourir près de toi! Si j'avais pu
mourir, et être du moins enseveli
dans la même terre qui doit un
jour te servir de sépulture! Adieu,
encore une fois adieu.... la force
m'abandonne.

(Tous les fragmens qui suivent étaient
écrits sur des feuilles séparées.)

JE la contemplais et je me disais en moi-même : Que deviendrais-je s'il ne m'était plus permis de la voir? J'allais verser de douces larmes en pensant que j'étais auprès d'elle, et maintenant.... maintenant je l'ai perdue!

Où est pour moi l'univers? Dans quelle partie de la terre pourrai-je vivre sans Thérèse? Je crois m'éloigner d'elle en songe : qui m'a donné tant de courage? Mon cœur a-t-il pu me laisser partir ainsi... sans la voir? Pas un baiser, pas un seul mot d'adieu! A chaque instant je crois être à sa porte, je crois m'asseoir à ses côtés. Je fuis; avec quelle rapidité chaque minute m'emporte loin d'elle , et cependant ? quelles douces illusions! Mais.... je l'ai perdue. Je ne sais plus obéir, ni à ma volonté, ni à ma raison, ni à mon cœur bouleversé ; je me laisse entraîner par le bras puissant de la destinée. Adieu, adieu, Lorenzo...

————

Ferrare, 20 juillet au soir.

JE traversais le Pô; je regardais l'étendue de ses eaux, et plus d'une fois je fus prêt à me précipiter, à m'engloutir pour toujours. Tout tient à un fil!—Ah! si je n'avais pas une mère chérie et malheureuse, à qui ma mort ferait verser tant de larmes!

Non, je ne finirai pas en lâche, je supporterai tout le poids de mes infortunes, je verserai jusqu'à la dernière larme; et quand toute résistance sera devenue inutile, quand toutes les passions seront exaspérées, quand toutes les forces seront épuisées, quand j'aurai le courage de regarder la mort en face, de raisonner tranquillement avec elle, de goûter son calice amer, alors...

Mais à l'heure où je parle, tout n'est-il pas déjà perdu? et me reste-t-il autre chose que le souvenir et la certitude de ma perte?

— As-tu jamais connu cette douleur complète où tout nous abandonne, jusqu'à la dernière espérance?

Pas un baiser! Pas un seul mot d'adieu! — Hélas! tes larmes me suivront jusqu'au-delà du tombeau.

Ma santé, mon sort, mon cœur, toi.... toi-même! tout est conjuré contre moi, et je saurai obéir.

———

Plus tard.

ET j'ai pu l'abandonner! Je t'ai même, ô Thérèse, laissée dans un état plus déplorable que le mien! Qui sera désormais ton consolateur? Tu trembleras à mon nom seul , car j'ai causé tes peines. Nous ne devons plus attendre aucun secours des hommes, aucune consolation de nous-mêmes. Je ne sais plus que supplier le Tout-Puissant, l'invoquer par mes gémissemens, et chercher quelque appui hors de ce monde où tout nous persécute et nous abandonne. Au moins si le désespoir,

si les prières, si le remords, qui
s'établit déjà mon bourreau,
étaient des offrandes agréables au
ciel, tu ne serais pas si malheureuse, et je bénirais mes tourmens;
mais au milieu de ma douleur
mortelle, sais-je seulement quels
périls te menacent! Je ne puis ni
te défendre, ni sécher tes larmes,
ni recueillir tes secrets dans mon
sein, ni partager tes peines. Je ne
sais ni ou je suis, ni dans quel état
je te laisse, ni quand je pourrai
te voir...

— Père cruel!... Thérèse est ton
sang! Cet autel est profané; le ciel
et la nature rejettent ces sermens.
L'effroi, la jalousie, la discorde,
le repentir s'agitent en frémissant
autour de ce lit infortuné, et vont
peut-être ensanglanter ces nœuds...

Thérèse est ta fille ; ne sois pas inexorable. Peut-être un jour seras-tu déchiré par le repentir, mais il ne sera plus tems. Peut-être dans l'horreur de son sort maudira-t-elle ses jours et les auteurs de sa vie, et ses plaintes, lorsque tu ne pourras plus la secourir, viendront peut-être troubler le silence de ta tombe. Ah ! je t'en conjure, ne sois pas inexorable. — Hélas, tu ne m'entends pas... où l'entraînez-vous ? la victime est sacrifiée... Ses gémissemens sont venus jusqu'à moi.... Mon nom est sorti de sa bouche ! Tremblez ! barbares ! votre sang, le mien... Thérèse, ô ma Thérèse ! tu ne resteras pas sans vengeance. — Hélas ! une fièvre brûlante me consume, le délire...

Mais toi, cher Lorenzo, pourquoi ne viens-tu pas à mon secours. Je ne t'ai point écrit parce qu'une affreuse tempête de colère, de jalousie, de vengeance, d'amour soufflait la fureur au - dedans de moi ; tant de passions gonflaient ma poitrine, me suffoquaient et paraissaient prêtes à m'étouffer ; je ne pouvais exprimer une seule parole ; la douleur avait pétrifié mon ame..... Cette douleur pèse encore sur tous mes sens ; elle a glacé ma voix, étouffé mes larmes.... Je tiens à peine à la vie, et ce qui m'en reste est empreint de la langueur et de la tristesse de la mort.

Je m'indigne souvent d'avoir pu partir, et je m'accuse de lâcheté. — Pourquoi n'ont-ils jamais osé

insulter à mon amour? si quelqu'un avait ordonné à cette infortunée de ne plus mé voir, s'ils me
l'avaient enlevée de vive force,
crois-tu je que l'eusse jamais abandonnée? Mais devais-je payer d'ingratitude un père qui m'appelait
son ami, qui tant de fois touché
de mes peines, m'a serré dans ses
bras, en me disant : « Pourquoi le
ciel t'a-t-il fait rencontrer une famille dévouée au malheur? » Ah!
pouvais-je la plonger dans le déshonneur et dans les horreurs de la
persécution, cette famille qui, dans
d'autres circonstances, aurait partagé avec moi son infortune ou
son bonheur? Et que pouvais-je
lui répondre quand il me disait en
soupirant et les larmes aux yeux :
« Thérèse est ma fille! » — Oui,

je dévorerai toutes mes journées
dans les remords et dans la solitude ; mais je rends grâces à cette
main redoutable , invisible , qui
m'arrache du précipice où j'allais
entraîner avec moi cette vierge innocente. Puissé-je me dérober à
l'univers pour déplorer mes peines !... Mais fallait-il pleurer aussi
les maux de cette créature céleste , et les pleurer après les avoir
causés ?...

Personne ne connaît le secret
enseveli dans mon ame..... — Et
cette sueur froide et subite , ce je
ne sais quoi qui m'arrête... ce cri
lamentable , qui tous les soirs semble m'appeler du sein de la terre...
Ce cadavre...

Le jour paraît à peine , et je vais
partir. Depuis long-tems un som-

meil agité me quitte avec l'aurore.
La nuit ne m'apporte aucun repos.
Tout à l'heure j'ai ouvert en hurlant des yeux hagards; je regardais
autour de moi, je croyais voir le
bourreau prêt à mettre la main sur
ma tête. J'éprouve à mon réveil
certaines terreurs, comme ces misérables dont les mains viennent
de commettre le crime. — Adieu,
adieu. Je pars, et je vais m'éloigner encore. Je t'écrirai aujour-
d'hui de Bologne. Remercie ma
mère : demande-lui sa bénédiction
pour son malheureux fils. Si elle
savait tout ce que je souffre ! mais
garde - toi de lui rien dire. Faut-il
ajouter à ses douleurs?

Bologne, 24 juillet, dix heures.

VEUX-TU verser quelques gouttes de beaume sur la blessure de ton ami? engage Thérèse à te donner son portrait, et confie-le à Michel que je t'envoie, en lui recommandant de ne pas revenir sans ta réponse. Va toi-même aux Collines : peut-être cette infortunée a-t-elle besoin de quelqu'un qui pleure avec elle. Tu lui feras lire quelques-uns des fragmens que dans mon délire affreux j'ai essayé de t'écrire. Adieu. — Si tu vois la petite Isabelle embrasse là mille fois pour moi.

Quand personne ne se souviendra plus de moi, peut-être prononcera-t-elle encore quelquefois le nom de son Jacopo. O mon ami !

plongé dans une telle infortune, devenu soupçonneux, craignant tout de la perfidie des hommes, doué d'une ame ardente, qui sent le besoin d'aimer et d'être aimé, en qui puis-je avoir confiance, si ce n'est dans un enfant que l'expérience et l'intérêt n'ont pas encore eu le tems de corrompre, et qui, par une secrète et douce sympathie, m'a si souvent baigné de ses larmes innocentes? Si j'apprenais un jour qu'elle m'eût oublié, j'en mourrais de douleur.

Et toi, cher Lorenzo, m'abandonneras - tu? L'amitié, douce passion de la jeunesse, unique soutien de l'infortuné, l'amitié languit dans la prospérité! Oh! les amis, les amis! tu ne m'oublieras pas, toi, lors même que je serai des-

*

cendu dans le sein de la terre ; et
moi je cesse quelquefois de me
plaindre de mes maux lorsque je
pense que sans eux je n'aurais peut-
être pas été digne de trouver un
ami, que mon cœur n'aurait peut-
être pas été capable de l'aimer ;
mais quand j'aurai cessé de vivre,
quand je t'aurai laissé en héritage le calice de l'infortune... Ah !
garde - toi de chercher un autre
ami !

———

Bologne, dans la nuit du 26 juillet.

JE souffrirais moins, je crois, si
je pouvais dormir long - tems et
d'un profond sommeil. L'opium ne
m'offre aucun soulagement : il me
réveille après une courte léthargie,
fatigué par des spasmes et par des

songes pénibles ; et que de nuits
encore ! — Je me suis levé pour
t'écrire, mais je ne puis gouver-
ner ni ma tête ni ma main. Je vais
me recoucher. Il me semble que
mon ame suit les variations de la
nature, en ce moment obscure et
orageuse. La pluie tombe par torrens, et je regagne mon lit sans
espoir de fermer les yeux. O mon
Dieu, mon Dieu !

———

Bologne, 12 août.

VOILA déjà treize jours que Michel est parti en poste, et il ne
revient pas encore, et je ne vois
point de tes lettres. M'abandon-
nerais-tu donc aussi ? Pour l'amour
de Dieu daigne au moins m'écrire !
J'attendrai jusqu'à lundi, puis je

prendrai la route de Florence. Ici
je passe toutes mes journées dans
ma chambre ; je ne puis supporter
l'embarras et le mouvement de la
foule. — La nuit j'erre au hasard
dans la ville comme un fantôme, et
dans ces tristes promenades je sens
mon ame déchirée par le spectacle
de cette multitude de pauvres qui
n'ont d'autre asile que le pavé des
rues, dont les cris demandent du
pain ; je ne sais s'il faut leur repro-
cher leur misère, ou si l'on doit en
accuser les autres... Je ne vois que
les pleurs de l'humanité. Aujour-
d'hui, en revenant de la poste, j'ai
trouvé sur mon chemin deux malheureux que l'on traînait à l'échafaud ; je fis plusieurs questions aux
curieux qui suivaient en foule ; et
l'on m'apprit que l'un de ces deux

hommes avait volé une mule, et
que l'autre, pressé par le besoin,
avait dérobé la somme de cinquante-
six livres (1). Malheureuse société!
et s'il n'existait pas de lois protec-
trices de ceux qui, pour s'enrichir
au prix des sueurs et des larmes
de leurs propres concitoyens, les
poussent à la misère et au crime,
les prisons et les bourreaux se-
raient-ils donc si nécessaires? Je ne
suis pas si fou que de prétendre

(1) Je croyais d'abord ce récit exagéré;
mais j'appris ensuite que dans les Etats cisalpins
il n'existait point de code criminel. On jugeait
avec les lois des anciens gouvernemens, et dans
Bologne avec les décrets de ses cardinaux, qui
punissaient de mort toute espece de vol au-des-
sus de 52 livres. Il est vrai que les cardinaux
adoucissaient toujours la peine, tandis que les
tribunaux de la république la maintienne dans
toute sa rigueur.
(*Note de l'Editeur.*)

réformer les hommes ; mais pourquoi me contesterait-on le droit de frémir de leurs maux, ou plutôt de leur aveuglement ? — On vient de me dire qu'il ne se passe pas de semaine sans exécution, et le peuple y accourt comme à une fête ; et cependant les crimes semblent se multiplier par les supplices. Non, non, je ne veux plus respirer cet air qui fume sans cesse du sang des malheureux ; mais où porter mes pas ?

————

Florence, 27 août.

J'ÉTAIS tout à l'heure en adoration devant les tombeaux de Galilée, de Machiavel et de Michel-Ange ; en les contemplant, je me suis senti saisi d'un saint tremble-

ment. Ceux qui ont élevé ces mau-
solées espéraient-ils donc se mettre
tre à l'abri des reproches qu'ont
mérités leurs ancêtres, qui con-
damnèrent ces génies divins aux
fers et à la pauvreté ? Oh ! combien
d'hommes persécutés de nos jours
seront vénérés par la postérité !
Mais les persécutions et les honneurs sont les symptômes de la
cruelle ambition qui dévore le
troupeau des hommes.

Près de ces marbres, je croyais
revivre dans ces années brûlantes
de ma première jeunesse, lorsque
je consacrais mes veilles à la lecture de ces morts illustres, et que
mon imagination me portait sur
leurs traces au travers des applaudissemens des générations futures ;
mais aujourd'hui ces pensées sont

trop élevées pour moi!.. Peut-être
d'ailleurs sont-ce des folies. Mon
ame est desséchée, mes membres
tremblans, et mon cœur flétri.

Garde les lettres de recommandation dont tu me parles; j'ai
brûlé celles que tu m'as envoyées.
Je n'attends plus ni outrages ni
faveurs de quiconque jouit de la
puissance. L'unique mortel que
j'aurais voulu connaître était Vit-
torio Alfieri; mais j'ai entendu
dire qu'il n'accueillait aucune nouvelle connaissance; et je n'ai pas
la présomption de le faire renon-
cer en ma faveur à cette résolution, commandée peut-être par
les circonstances, par ses études,
ou plutôt par ses passions géné-
reuses et par l'expérience qu'il a
de la société. Fût-ce même une

faiblesse , on doit respecter les
faiblesses des grands hommes. Je
laisse à celui qui en est exempt le
soin de jeter la première pierre.

—

Florence, 7 septembre.

OUVRE les fenêtres, ô Lorenzo !
et de ma chambre salue mes Collines ; dans une belle matinée de
septembre, salue en mon nom le
ciel, les campagnes, les lacs, qui
se souviennent tous de mon enfance, et près desquels j'ai trouvé
quelque repos après les angoisses
de la vie. Si dans une promenade
nocturne, par un ciel serein, tu
diriges tes pas vers les allées de
l'église, monte, je t'en conjure,
sur la colline des pins, qui con-

serve de moi de si doux et de si
cruels souvenirs. Au pied de la
côte, après avoir passé le massif
de tilleuls, que rafraîchissent et
parfument sans cesse l'air de ces
lieux, dans l'endro't où ces ruis-
seaux se réunissent et forment un
petit lac, tu trouveras le saule
pleureur et solitaire, sous les ra-
meaux duquel je restais couché
des heures entières, m'entretenant
avec mes espérances. Presqu'au
sommet de la colline, tu entendras
peut-être l'oiseau nocturne, qui
semblait tous les soirs m'appeler
avec son chant lugubre, et qui ne
s'interrompait qu'au murmure de
mes réflexions ou au bruit de
mes pas. Le pin sous le feuillage
duquel il se tenait caché projette
son ombre sur les ruines d'une

petite chapelle, où jadis une lampe
brûlait devant un crucifix ; la tempête l'a brisée. Ces ruines à demi-
enfoncées dans la terre me sem-
blaient dans l'obscurité des pierres
sépulcrales , et plusieurs fois j'ai
songé à élever mon tombeau dans
ce lieu et sous ces ombrages soli-
taires. Mais aujourd'hui, qui peut
dire la terre où je laisserai mes os?
— Console tous les paysans ; ils te
demanderont sûrement de mes
nouvelles. Souvent ils se pressaient
en foule autour de moi ; je les ap-
pelais mes amis, ils me nommaient
leur bienfaiteur. J'étais le médecin
chéri de leurs enfans ; j'écoutais
avec bonté les plaintes de ces pauvres laboureurs , et j'arrangeais
leurs différens. Je philosophais
avec les vieillards, qui touchaient

au terme de leur carrière ; je
m'efforçais d'écarter de leur imagination les terreurs que la religion inspire souvent à l'ignorance,
et de leur peindre les récompenses
que le ciel réserve à l'homme
éprouvé par le travail et par la
pauvreté. Mais tu vas maintenant
les trouver dans la tristesse ; car
dans les derniers mois de mon séjour aux Collines, muet et chagrin,
je passais quelquefois près d'eux
sans répondre à leur salut ; je les
voyais de loin revenir en chantant
dë leurs travaux, ou ramener leurs
troupeaux dans l'étable, et je les
évitais en m'enfonçant dans le plus
épais du bois. Ils me voyaient dès
l'aurore franchir les fossés, heur-
ter étourdîment les arbrisseaux,
dont le feuillage agité sur ma tête

couvrait mes cheveux d'une pluie
glacée ; puis traversant les prairies
en toute hâte, gravir sur le sommet de la plus haute montagne ;
alors je m'arrêtais, fatigué, hors
d'haleine, j'étendais mes bras vers
l'orient, et je me plaignais au soleil, qui ne se levait plus radieux
pour moi. Ils te montreront du
doigt le rocher sourcilleux sur
lequel, tandis que le monde était
plongé dans le sommeil, je m'as-
seyais attentif au murmure lointain des eaux et aux sifflemens de
l'air ; les vents amassaient les nuages sur ma tête ; ils les poussaient
en tourbillons autour de la lune,
qui montait dans le ciel, et frap-
pait de tems en tems de ses pâles
rayons les croix plantées sur les
tombeaux du cimetière. Alors

l'habitant des chaumières voisines,
réveillé en sursaut par mes cris,
s'avançait sur sa porte; il écoutait
dans ce silence solennel mes prières, mes gémissemens et mes sanglots; il me voyait du haut du roc
regarder la sépulture; il m'entendait invoquer la mort. Oh! mon
antique solitude! où es-tu? Il n'y
a pas un tertre, pas une grotte,
pas un arbre, que je ne retrouve
au fond de mon cœur, et qui ne
nourrisse en moi ce désir délicieux et touchant, compagnon
fidèle du malheureux exilé de sa
patrie. Il me semble que mes
plaisirs, que mes douleurs même,
qui souvent dans ces lieux avaient
quelque douceur....; il me semble
que mon ame toute entière est
restée aussi loin de toi, et que

l'ombre du pauvre Jacopo soit seule entraînée sur ces routes étrangères.

Mais toi, toi mon seul ami, pourquoi m'écrire à peine deux lignes bien sèches en m'annonçant que tu es auprès de Thérèse? Et tu ne me dis point comment elle vit, si elle ose encore prononcer mon nom, si Edouard me l'a enlevée pour toujours. A chaque courrier je me précipite à la poste, mais c'est en vain; je reviens à pas lents, désespéré, et l'on peut lire sur mon visage le pressentiment de quelque affreux malheur. Je crois d'heure en heure m'entendre annoncer mon arrêt de mort.... *Thérèse est engagée pour jamais.* Hélas! quand cessera ce funeste délire, quand ces ridicules illusions

pourront-elles se dissiper? Faut-il
toujours errer de chimère en chimère!... Adieu, adieu.

———

Florence, 17 septembre.

Tu m'as enfoncé le poignard dans
le cœur. Je vois que Thérèse veut
oublier désormais un infortuné;
elle avait envoyé son portrait à sa
mère avant que je l'eusse demandé?
—Tu me le jures, et je le crois;
mais... n'importe! peut-être pour
essayer de me guérir te ligues-tu
toi-même contre un malheureux
qui n'attendait pas d'autre adoucissement à ses cruelles blessures.

O mes espérances! vous vous
évanouissez toutes; et je me vois
pour jamais seul avec ma douleur.

En qui dois-je maintenant placer

ma confiance? Ne me trahis pas,
ô Lorenzo ! tu ne sortiras jamais de
mon cœur, ton souvenir est nécessaire à ton ami ; à quelque extré-
mité que le sort t'eût réduit, j'aurais toujours été près de toi. Suis-
je donc destiné à voir tout disparaître? Tout jusqu'au dernier débris
de tant d'espérances? Mais quoi
qu'il puisse arriver, je ne me plain-
drai ni d'elle ni de toi... Je n'accu-
serai que moi seul et ma destinée.

Vous m'abandonnez tous ; mais
mon cœur et mes gémissemens
vous suivront en tout lieu, par-
tout j'invoquerai vos noms en soupirant. — Voici les seuls mots de
Thérèse : « Respectez vos jours ;
» je vous le commande... Respectez
» nos malheurs. Vous n'êtes pas le
» seul à plaindre. Vous aurez mon

» portrait dès que je pourrai....
» Mon père vous regrette avec
» moi..... Mais il m'ordonne en
» pleurant de ne plus vous écrire,
» et c'est en pleurant que je lui
» promets d'obéir, et que je vous
» dis : Adieu... adieu pour tou-
» jours. »

Tu as donc plus de force que
moi? Oui ; je veux relire cent fois
ce billet ; je croirai entendre tes
dernières paroles. J'ai besoin de te
parler, ô Thérèse ! mais aujour-
d'hui c'est impossible ; j'attendrai
que j'aie le courage de me séparer
éternellement de toi.

Si t'aimer d'un amour excessif,
et me taire et m'ensevelir même
aux yeux du monde entier peut te
rendre la paix... si ma mort peut
seulement expier ton amour aux

yeux de nos persécuteurs, et l'é-
teindre au fond de ton ame, je
supplie, dans toute l'ardeur et la
vérité de mon cœur, je supplie la
nature et le ciel de m'arracher la
vie. Pour toi sois heureuse... aussi
heureuse que tu peux l'être encore!

O ma douce amie! que le sort
t'épargne toutes les larmes qu'il
me fait verser! mais, hélas! tu
partages ma destinée. Je t'ai rendue
malheureuse... et ton père? Comment l'ai-je payé de ses tendres
soins, de sa confiance, de ses
conseils, de ses caresses? Et toi,
dans quel abîme je t'ai précipitée!
mais je suis préparé à tous les sa-
crifices : ma vie, mon amour... tout
est à toi... Je ne puis accuser que
notre destinée; mais avoir causé

tes maux, voilà le plus grand de tous les crimes.

Hélas! que fais-je en ce moment?

Si cette lettre te trouve encore à mes Collines, ô Lorenzo! ne la montre pas à Thérèse. Ne lui parle pas de moi... Si par hasard elle t'en parle la première, dis-lui seulement que je vis, que je vis encore... Je te l'avoue, je me complais dans ma faiblesse, je porte la main sur mes blessures les plus dangereuses, je les déchire, j'aime à voir couler mon sang... Il me semble que mes douleurs sont une expiation de mes fautes, qu'elles apportent quelque soulagement à mes infortunes. Adieu, adieu, mon seul ami.

Florence, 25 septembre.

C'EST sur cette terre bienheu-
reuse que les Muses et les Lettres
sortirent de la barbarie. De quelque côté que se portent mes regards, ils rencontrent les maisons
et les pierres sépulcrales, où na-
quirent et sous lesquelles reposent
aujourd'hui ces anciens, ces illustres Toscans. Je crains à chaque
pas de fouler leurs reliques sa-
crées.

La Toscane est un vaste jardin ;
le peuple y est naturellement aimable, le ciel serein, l'air que l'on
y respire porte avec lui les prin-
cipes de la santé, de la vie ; mais
ton ami ne peut trouver aucun
repos ; j'espère toujours..... Demain, me dis-je.... dans le pays

voisin... Le lendemain arrive, je
cours de ville en ville, et chaque
jour je me sens plus malade. Chaque jour le poids de l'exil et de la
solitude me semble plus affreux.
— Je ne suis même pas libre de
continuer ma route : je voulais aller
à Rome, me prosterner sur les
débris de notre grandeur. On me
refuse un passeport : celui que ma
mère m'a fait parvenir est pour
Milan : et ils m'ont fait subir ici
mille interrogatoires, comme si
j'étais venu pour y conspirer. Demain je compte répondre à tout
en partant. — C'est ainsi que nous
autres Italiens, nous sommes ban-
nis et étrangers au sein de l'Italie
même. A peine hors du coin de
terre qui nous a vus naître, les
talens, la réputation, la vertu ne

nous sont plus d'aucun secours ;
et malheur à qui ose montrer une
étincelle de grandeur d'ame et de
courage ! A peine chassé du toit
paternel, nous ne trouvons personne qui consente à nous recueillir. Dépouillés par les uns, en butte
au mépris des autres, trahis de tous
côtés, abandonnés par nos concitoyens mêmes qui, au lieu de
plaindre et de soulager des malheurs communs, regardent comme
des barbares tous les Italiens qui
ne sont pas de leur province, et
dont les mains ne sont pas char-
gées des mêmes chaînes... Dis-moi,
Lorenzo, quel asile nous reste sur
la terre ?..... Nos moissons sont
devenues la proie de nos maîtres ;
mais nos terres n'offrent plus ni
chaumières, ni pain à cette foule

d'Italiens, que la révolution a arrachés au sol natal, et qui, dans
l'excès de leur misère, ne trouvent
plus à leurs côtés que le crime,
seul et dernier conseiller de
l'homme abandonné de toute la
nature. Encore une fois, quel asile
nous reste-t-il, sinon le désert ou
la tombe?... Et la bassesse! peut-
être celui qui s'avilit le plus en
prolonge-t-il davantage son existence ; mais en horreur à lui-
même, il devient l'objet des sar-
casmes et du mépris des tyrans
auxquels il a vendu son honneur,
et qui peut-être un jour en feront
un indigne trafic.

J'ai parcouru toute la Toscane.
Nos guerres civiles depuis quatre
siècles ont rendu célèbres tous les
champs, toutes les montagnes de

ce pays ; les cadavres de tant d'I-
taliens égorgés par leurs frères
ont servi de fondemens aux trônes
des empereurs et des papes. Je suis
allé à Monteaperto, que le souvenir de la défaite des Guelfes a pour
jamais noté d'infamie. Le crépus-
cule du jour blanchissait à peine ;
au milieu du profond silence et de
la froide obscurité de la nuit, je
sentais mon ame émue de toutes
les antiques agitations de notre patrie..... O mon cher Lorenzo! je
frissonnais, mes cheveux se hériss-
saient sur ma tête , et ma voix menaçante retentissait au milieu des
rochers. Je croyais voir monter et
descendre par les sentiers les plus
escarpés de la montagne les ombres de tous ces Toscans tombés
sous les coups les uns des autres ;

je les voyais avec leurs épées et
leurs vêtemens ensanglantés se
lancer des regards féroces, frémir
de colère, en venir aux mains et
rouvrir leurs antiques blessures...
Barbares! pour qui le sang que
vous versez? Le fils tranche la tête
à son père; il la saisit, la secoue par
la chevelure... Quel sera le prix de
tant d'affreuses cruautés? Les rois
pour qui vous mourez éteignent
leurs différens dans l'ardeur de la
querelle, et partagent paisiblement
vos terres et vos dépouilles. — Je
redescendis avec précipitation en
hurlant et en jetant en arrière
des regards épouvantés ; mais ces
horribles illusions me poursuivent
encore ; elles ne me donnent aucun relâche....... Lorsque je me
trouve seul dans l'obscurité de

la nuit, je vois autour, de moi
tous ces fantômes, et au milieu
d'eux un spectre plus redoutable
qu'eux tous, et que moi seul je
connais. — Pourquoi faut-il donc,
ô ma patrie, toujours t'accuser et
te plaindre sans aucune espérance
de te corriger ou de te secourir!

Milan, 27 octobre.

Je t'ai écrit de Parme, et puis
de Milan le jour même de mon arrivée. La semaine dernière je t'ai
encore adressé une bien longue
lettre. Comment donc la tienne me
rejoint-elle aussi tard, et par la
route de Toscane, d'où je suis parti
depuis le 28 septembre. — Il me
vient un soupçon..... nos lettres

sont interceptées. Les gouvernemens travaillent pour la sûreté
matérielle ; mais ils violent le secret, la plus précieuse de toutes
les propriétés. Ils défendent les
plaintes cachées, et profanent l'a-
sile sacré que le malheur va chercher dans le sein de l'amitié. A la
bonne heure, je devais le prévoir ;
mais on ne donnera plus la chasse
à nos paroles et à nos pensées. Je
trouverai le moyen de faire désormais voyager nos lettres sans mé-
saventure.

Tu me demandes des nouvelles
de Giuseppe Parini : il a conservé
son ame fière et généreuse ; mais il
me semble effrayé par les circonstances et par la vieillesse. Lorsque
j'allai le voir, je le trouvai sur la
porte de sa chambre, essayant de

se traîner pour sortir. Il me re-
connut, et s'appuyant sur son bâton, il me frappa sur l'épaule, en
me disant : « Tu viens revoir ce
cheval courageux, qui sent encore
au fond de son cœur tout l'orgueil
de sa belle jeunesse ; mais qui s'a-
bat maintenant à chaque pas, et
ne se relève plus que sous les coups
de la fortune. »

Il craint d'être chassé de son
église, et d'être réduit, après
soixante et dix ans de travaux et
de gloire, à mourir en demandant
l'aumône.

Milan, 11 novembre.

J'AI demandé chez un libraire
la vie de Benvenuto Cellini. — « Je
ne l'ai pas, me répondit-il. » Je
me rabattis sur un autre auteur,

et le libraire me dit alors avec dé-
dain, qu'il ne tenait pas de livres
italiens. Les gens comme il faut
parlent français à merveille, et en-
tendent à peine le pur toscan. Les
loix et les actes publics sont écrits
dans une langue tellement abâtar-
die, que les phrases les plus simples décèlent l'ignorance de ceux
qui les ont dictées. Les Démos-
thènes cisalpins ont disputé fort
chaudement dans leur sénat pour
savoir s'il ne serait pas bien d'exi-
ler de la république, par une sentence formelle, les langues grecque
et latine, et l'on a créé une loi dont
le seul but est d'écarter de tous les
emplois un mathématicien et un
poète célèbres. J'ai demandé où
étaient les salles des conseils légis-
latifs. Peu de gens m'entendirent,

un plus petit nombre encore dai-
gna me répondre, et personne ne
sut me les indiquer.

· ——— ·

Milan, 4 décembre.

JE n'ai qu'une seule réponse à
faire à tes conseils. J'ai vu partout
les hommes divisés en trois classes :
la minorité qui commande, la multitude qui obéit, un assez grand
nombre qui travaille. Nous ne pou-
vons commander, et, peut-être,
n'avons-nous pas assez d'adresse
pour le faire ; nous ne sommes
pas aveugles, et nous ne voulons
pas obéir, et pourtant nous dé-
daignons le travail. Il vaut mieux
vivre comme ces chiens qui ne
sont à personne, et qui n'attendent
de personne ni des coups, ni du

pain. — Pourquoi veux-tu que je
mendie des protections et des emplois dans un pays où je suis regardé
comme étranger, et d'où le moindre caprice peut me contraindre
de fuir? Tu me vantes toujours mes
moyens. Sais-tu combien je vaux?
Pas plus que mon revenu, pourvu
encore que je consente à faire *le
savant de cour*, renfermant cette
noble ardeur qui irrite les hommes
puissans, et dissimulant la science
et la vertu, pour ne pas leur re-
procher leur ignorance ou leurs
crimes. Les gens de lettres!..... —
Oh! diras-tu, c'est partout de
même. A la bonne heure. Je laisse
le monde comme il est. Mais si
j'avais à m'en mêler, il faudrait ou
que les hommes changeassent, ou
qu'ils fissent tomber ma tête sur

un échafaud, ce qui serait bien plus facile. Ce n'est pas que les petits tyrans soient exempts de chagrins; mais les hommes parvenus des dernières classes de la société aux premiers rangs, ont besoin de factieux qu'ils ne peuvent plus contenir. Gonflés de leur bonheur présent, sans soin de l'avenir, sans réputation, sans courage et sans mérite, ils s'appuyent sur des flatteurs et sur des satellites, qui souvent les trompent et les méprisent, et dont ils ne peuvent plus se débarrasser. Tel est l'enchaînement perpétuel de la servitude, de la licence et de la tyrannie. Pour devenir maître et spoliateur du peuple, il faut d'abord se laisser piller et opprimer, il faut baiser l'épée fumante encore de son propre sang. Peut-être en suivant la même route parviendrai-je à me procurer un emploi, quelques milliers d'écus de plus chaque année, des remords et l'infamie. Mais, je te le répète : *je ne jouerai jamais le rôle d'un fripon subalterne.*

Je sais jusqu'à quel point je serai foulé aux pieds ; mais ce sera du moins parmi la multitude immense de mes compagnons d'esclavage, et comme ces insectes que le voyageur écrase sans daigner s'en apercevoir. Je ne me glorifie pas comme tant d'autres de la servitude, et mes tyrans ne jouiront pas de mon avilissement. Qu'ils gardent leurs bienfaits et leurs outrages, tant d'autres se les disputeront! Je fuirai la honte en mourant dans l'obscurité ; et si

j'étais forcé d'en sortir, j'aimerais
encore mieux tomber en généreuse victime, que de me montrer
l'instrument heureux de la licence
et de la tyrannie

Si le pain, le feu et cet être céleste, l'unique source de ma vie,
venaient à me manquer (à Dieu
ne plaise que j'accuse de faiblesse
cette multitude qui n'aura pas le
courage de m'imiter); mais en vérité, Lorenzo, je me rendrais sans
peine à la patrie commune, où il
n'existe ni délateur, ni conquérans,
ni savans de cour, ni princes ; où
les richesses ne sont pas le prix du
crime ; où la justice ne frappe pas
le misérable, pour cela seul qu'il
est misérable, et je descendrais
enfin dans la tombe où tous les
hommes viendront tôt ou tard ha-

biter avec moi et se confondre dans la poussière.

En gravissant l'âpre sentier de la vie, je suis une lumière qui se montre dans le lointain, et qui m'échappe sans cesse. Je crois même que si mon corps entier descendait dans la fosse, de manière que ma tête seule demeurât sur la terre, je crois que je verrais encore cette lumière flamboyer à mes yeux. O gloire ! Tu cours toujours devant moi, et tu charmes ainsi le voyage dont mes pieds ne peuvent plus soutenir la fatigue. Mais depuis le jour que tu n'es plus la première, la seule passion de mon cœur, ton fantôme éblouissant commence à s'éteindre et à vaciller..... Il tombe et se résout en un monceau d'os et de cendres sur lequel de

tems en tems je vois encore briller
quelques pâles étincelles ; mais
bientôt , en avançant , je foulerai
ton squelette sous mes pieds , et je
sourirai en voyant s'évanouir les
rêves de mon ambition.—Combien
de fois, rougissant de mourir ignoré
de mon siècle , n'ai-je pas caressé
moi-même mes propres douleurs
que je me sentais le besoin et la
force de terminer. Je n'aurais peut-
être pas survécu à ma patrie, si la
folle terreur d'enfouir mon nom
dans la tombe n'eût retenu mon
bras. Je l'avoue , j'ai souvent regardé avec complaisance les maux
de l'Italie , dans la pensée que la
fortune et mon courage réservaient
à moi seule la gloire de la délivrer. Je le disais hier au soir à Parini......—Adieu. Le messager du

Banquier vient chercher cette lettre , et la feuille toute couverte ,
m'annonce qu'il est tems de finir ;
cependant j'ai tant de choses à te
dire encore , que je remettrai dé-
cidément jusqu'à samedi pour t'expédier mon épître , et je vais la
continuer. Après tant d'années
d'une amitié si franche et si tendre,
nous voilà donc séparés et peut-
être pour toujours. Il ne me reste
plus d'autre consolation que de te
faire partager ma douleur ; c'est
ainsi que je me délivre quelquefois
des pensées qui me déchirent , et
que ma solitude me paraît moins
épouvantable. Sais-tu combien de
fois je me réveille en sursaut pendant le silence des nuits ? Je me
lève alors , je parcours lentement
ma chambre, je t'appelle en gémis-

sant, je m'assieds, je t'écris, et ces
feuilles sont toutes tachées de mes
larmes ; elles contiennent mes dé-
plorables délires et mes cruelles
résolutions. Mais je n'ai pas le courage de te les envoyer. J'en conserve quelques-unes, et je brûle le
plus grand nombre. Si par hasard
le ciel m'accorde quelques momens
de calme, je rassemble toute ma
fermeté pour causer avec toi de
manière à ne pas t'accabler du poids
immense de ma douleur. Je ne me
lasserai pas de t'écrire, toute autre
consolation m'est enlevée : et toi,
cher Lorenzo, tu ne te lasseras pas
de lire ces lettres que, dans l'excès
des plaisirs comme dans l'excès de
la douleur, mon cœur a toujours
dictées sans orgueil et sans honte.
Conserve-les. Peut-être un jour

te seront-elles nécessaires pour vivre encore avec ton Jacopo.

Hier au soir je me promenais, avec ce vénérable vieillard, dans le faubourg à l'est de la ville, sous un berceau de tilleuls; il s'appuyait d'un côté sur mon bras et de l'autre sur son bâton. De tems en tems il regardait ses pieds estropiés et se retournait ensuite de mon côté sans dire un mot, d'un air affligé de son infirmité, et reconnaissant de la patience avec laquelle je l'accompagnais. Il s'assit sur un banc et je me plaçai près de lui ; son domestique était à quelque distance. Parini est le personnage le plus vénérable et le plus éloquent que j'aie jamais connu ; et d'ailleurs une douleur noble et profonde ne donne-t-elle pas toujours une grande

éloquence! Il me parla long-tems de
sa patrie ; il frémissait au souvenir
de l'ancienne tyrannie , à l'aspect
de la nouvelle licence. Les lettres
prostituées ; toutes les passions languissantes et dégénérées en une in-
dolente et vile corruption ; plus
d'hospitalité, plus de bienveillance,
plus d'amour filial..... Il me ra-
contait ensuite les annales récentes
et les forfaits de tous ces misérables, que je daignerais nommer, si
leurs scélératesses decélaient la vi-
gueur de caractère, je ne dirai pas
des Sylla ni des Catilina, mais seulement de ces courageux brigands,
qui ne tentent le crime qu'à la vue
de l'échafaud....—Mais intrigans,
pillards, lâches.... Il vaut mieux
taire à jamais leurs noms.—A ce
récit je me sentis emporté par une

fureur surnaturelle, et je me levai
en criant : Que ne tente-t-on pas !
Nous mourrons, mais de notre
sang naîtra sans doute un vengeur !
—Il me regardait tout.étonné : mes
yeux éteints lançaient en ce moment des regards effrayans, et la
colère ranimait mon visage pâle et
abattu. Je ne disais plus rien et
l'on entendait encore retentir au
fond de mon cœur un sourd frémissement. N'y a-t-il plus de salut
pour nous ! repris-je ; ah ! si les
hommes faisaient toujours marcher la mort à leur côté, courbe-
raient-ils aussi lâchement sous le
joug ! Parini n'ouvrait pas la bouche ; mais il me serrait le bras et
fixait sur moi des yeux à chaque
instant plus étonnés. Enfin il m'at-
tira vers lui en me faisant signe de

me rasseoir. « Et pense-tu, s'écria-t-il, que si j'apercevais la moindre lueur de liberté, je me consumerais à la honte de ma faible vieillesse dans ces vaines lamentations! O jeune homme digne d'un autre siècle! si tu ne peux éteindre cette ardeur fatale, que ne la diriges-tu vers d'autres passions!

Alors je regardai dans le passé.... puis je me tournai avidement du côté de l'avenir; mais j'errais toujours dans le vide; mes bras trompés s'étendaient autour de moi sans pouvoir rien saisir, et je sentis tout le désespoir de ma situation. Je racontai à cet illustre Italien l'histoire de mes malheurs, et je lui dépeignis Thérèse comme un de ces génies célestes, qui dessendent sur la terre pour éclairer le

séjour ténébreux de la vie. Mes
discours et le spectacle de ma douleur arrachèrent plus d'un soupir
à ce vieillard compâtissant. Non,
lui dis-je, il ne me reste plus
d'espoir que dans le tombeau. J'ai
une mère tendre et chérie : souvent il m'a semblé la voir, pâle
et tremblante, chercher mes
traces, me suivre jusqu'au sommet
de la montagne d'où j'étais prêt
à me précipiter, et tandis que
mon corps était déjà penché sur
l'abîme, me saisir par le pan de
mon habit, et m'arracher à la
mort.... Alors je me retournais, je
n'entendais plus que ses cris, je
n'écoutais plus que son désespoir.
Cependant... si elle savait tout ce
que je souffre, elle-même deman-
derait au ciel le terme de mes

peines. Mais la seule étincelle qui
anime encore ce cœur abattu,
c'est l'espérance de tenter la
liberté de ma patrie. — Il sourit
tristement, et s'étant aperçu que
ma voix s'altérait, que mes yeux
immobiles s'attachaient.à la terre,
il reprit la parole : « Peut-être
cette généreuse ardeur pourrait
t'entraîner dans quelque entre-
prise difficile ; mais.... crois-moi,
un quart de la réputation des
héros appartient à leur audace,
une moitié au destin, et l'autre
quart à leurs crimes. Si tu te crois
assez heureux et assez cruel pour
obtenir cette gloire à laquelle tu
aspires, penses-tu que les circonstances te présentent les moyens de
l'acquérir ? Les gémissemens de
tous les âges et le joug de notre

patrie ne t'ont-ils pas encore
appris que ce n'est pas de l'étranger que nous devons attendre la
liberté? Quiconque veut s'immis-
cer dans les affaires d'un pays
conquis, ne travaille qu'au malheur
public et à sa propre infâmie.
Quand les devoirs et les droits
sont à la pointe de l'épée, le vain-
queur écrit les lois avec du sang
et commande le sacrifice de la
vertu. Auras-tu d'ailleurs la valeur
et la réputation d'Annibal, qui
quoique fugitif cherchait dans l'u-
nivers un ennemi au peuple ro-
main? — Il ne te sera pas donné
non plus d'être juste impunément.
Un jeune homme tel que toi,
droit et doué d'une ame ardente,
mais sans fortune et d'un caractère imprudent, sera toujours ou

l'instrument du factieux ; ou la
victime de l'homme puissant ; et
si dans les affaires publiques tu te
maintiens sans tache et te pré-
serves de la contagion, alors tu
seras loué hautement sans doute,
mais bientôt frappé par le poignard ténébreux de la calomnie,
tes amis fuiront la prison qui
t'attend, et peut-être un soupir
étouffé n'osera-t-il pas même
honorer ta cendre. — Mais supposons, que l'emportant, et sur la
puissance des étrangers, et sur la
dépravation de tes concitoyens, et
sur la corruption du siècle, tu
puisses atteindre à ton but, sauras-
tu répandre tout le sang nécessaire pour alimenter une république naissante ? Oseras-tu livrer
ta propre maison aux torches de

la guerre civile, réunir tous les
partis sous le joug de la terreur,
éteindre les opinions sur l'échafaud, égaliser les fortunes par le
meurtre? Prends-y garde, si tu
tombes au milieu de la carrière,
tu te verras exécré par les uns
comme un démagogue, par les
autres comme un tyran. Les fureurs de la multitude sont courtes
et funestes; elle juge moins sur
l'intention que d'après l'événement; elle appelle vertu le crime
utile, scélératesse la droiture qui
lui semble préjudiciable, et pour
obtenir ses applaudissemens, il
faut ou l'épouvanter, ou l'en-
graisser, ou la tromper sans cesse.
Mais supposons encore que le
succès couronne tes vœux, pour-
ras-tu, énorgueilli d'avoir dompté

le sort, réprimer en toi le désir
du pouvoir suprême, désir que
fomenteront encore le sentiment
de ta supériorité et la conviction
de la lâcheté publique. Les mortels sont naturellement esclaves,
naturellement tyrans, naturellement aveugles. Cependant pour
assurer ton trône, de philosophe
tu deviendras tyran, et pour un
petit nombre d'années de puissance et de craintes, tu perdras ta
tranquillité, et tu confondras ton
nom dans la foule immense des
despotes. Il te reste encore parmi
les grands capitaines une place à
laquelle on parvient par un courage féroce, par une avidité qui
ne ramasse que pour dissiper, et
souvent par une bassesse qui fait
baiser la main de quiconque vous

aide à monter. Mais... ô mon fils!
l'humanité gémit à la naissance
d'un conquérant, et n'a pour consolation que l'espoir de sourire
sur sa tombe,

Il s'arrêta ; et nous gardâmes long-
tems un profond silence : O Cocceïus Nerva! (1) m'écriai-je enfin,
tu sus au moins mourir sans tache.
— Le vieillard me regarda... « Ne
portes-tu donc hors de ce monde
me dit-il, ni crainte, ni espoir?... »
En même tems il me serrait forte-
ment la main ; bientôt il leva les
yeux vers le ciel, et sa physio-
nomie sévère prit alors la plus
douce expression ; on eût dit qu'il
contemplait là haut toutes ses es-

---

(1) Cette exclamation d'Ortis se rapporte à
la mort de Cocceïus Nerva, que Tacite a racon-
tée dans ses annales, VI, 26.

pérances.—Dans ce moment j'entendis marcher près de nous, et j'aperçus du monde sous les tilleuls ; nous nous levâmes et je le reconduisis jusque chez lui.

Ah ! si je sentais encore dans mon cœur ce feu céleste, qui dans les beaux jours de ma jeunesse répandait ses rayons sur tout ce qui m'environnait !... Mais il est éteint pour jamais, et je marche au hasard au travers de ténébres sans bornes. Si je pouvais trouver le repos sous un abri solitaire et paisible ; s'il ne m'était pas défendu de m'ensevelir dans l'obscurité de mon hermitage ; si le fatal amour que ma raison combat sans cesse et ne peut jamais étouffer..... si cet amour que je voudrais me cacher à moi-même, et qui s'en-

flamme chaque jour davantage,
n'absorbait toute mon énergie.... Si
la nature ne nous avait pas soumis à
cette passion funeste, plus impé-
rieuse encore que l'instinct de la
vie.... Si je pouvais enfin obtenir
une année, une seule année de
calme, ton malheureux ami ne
formerait qu'un désir avant de
descendre au tombeau. J'entends
la voix de ma patrie, je l'entends
me crier : Ecris ce que tu as vu.
Ma voix sortira des ruines, et te
dictera mon histoire. Les siècles
pleureront sur mes débris, et les
nations s'instruiront au récit de
mes infortunes. Le tems a détruit
la fontaine de miséricorde et le
sang est lavé dans le sang.—Tu le
sais Lorenzo, j'aurais le courage
d'écrire ; mais mon génie s'éteint

avec mes forces, et je sens que
dans quelques mois peut - être
j'aurai gagné le terme de mon
douloureux pélerinage.

Mais vous, esprits rares et su-
blimes qui frémissez sur les antiques désastres de notre patrie, si
le ciel vous défend de lutter contre
la force, pourquoi ne racontez-
vous pas du moins nos maux aux
races futures? Elevez la voix au
nom de tous, et dites à l'univers
que nous sommes infortunés, sans
être ni aveugles ni vils; que la
puissance nous manque, et non
pas le courage. — Si vous avez les
fers aux mains, pourquoi vous-
mêmes enchaîneriez-vous encore
votre génie, sur qui ni les tyrans
ni la fortune, ces arbitres souve-
rains, ne peuvent jamais étendre

leur joug? Ecrivez. Poursuivez vos
persécuteurs avec le flambeau de
la vérité ; et puisque vous ne pouvez pas les opprimer avec le fer
pendant leur vie, écrasez-les du
moins sous le fardeau de l'oppro-
bre aux yeux de la postérité. Si
quelques-uns de vous ont perdu
leur patrie, leur tranquillité, leur
fortune ; si personne n'ose serrer
les nœuds de l'hyménée, si vous
redoutez le doux nom de père, si
vous n'osez enfanter dans l'exil et
dans la douleur de nouveaux esclaves et de nouveaux infortunés,
pourquoi caresser avec autant de
lâcheté la vie dépouillée de tous
ses plaisirs? Pourquoi ne pas la
consacrer à la gloire, à ce fantôme,
seul guide des esprits généreux?
Vous jugerez vos contemporains,

et vos arrêts éclaireront les nations futures. La faiblesse humaine
vous environne de terreurs et de
dangers; mais êtes-vous donc im-
mortels? La honte des prisons,
l'horreur des supplices, sont pour
vous le chemin de la renommée.

———

Milan, 6 février 1799.

ADRESSE tes lettres à Nice en
Provence; je pars demain pour la
France, et qui sait?... J'irai peut-
être encore plus loin. Ce qu'il y a
de sûr, c'est que je ne m'arrêterai
pas beaucoup en France. Ne t'af-
flige pas de me voir prendre ce
parti, Lorenzo, et donne à ma
mère toutes les consolations qui
sont en ton pouvoir. Tu diras sans

doute que je devrais avant-tout
me fuir moi-même, et qu'il sera
toujours tems de partir, s'il n'y a
point au monde de séjour paisible
pour moi. Hélas ! j'en conviens, il
n'en existe pas ; mais celui-ci est
plus insupportable que tout autre.
La saison, cette neige éternelle,
cet air mort, certaines physiono-
mies..... et puis. — Je me trompe
peut-être ; mais il me semble que
je ne suis entouré que de cœurs
froids, insensibles, et je ne leur
en fais pas un crime. Tout s'ac-
quiert ; mais la compassion, la
générosité, et bien plus encore la
délicatesse de sentimens, naissent
avec nous ; et pour les rechercher,
il faut en sentir le mérite. En un
mot, c'est pour demain, et je suis
tellement tourmenté par le besoin

de partir, que chaque heure de retard me semble une année de prison.

Désir insensé! Pourquoi tous tes sens ne sont-ils jamais émus que par la douleur, comme ces membres écorchés qui se contractent sous l'haleine des zéphirs les plus doux? Jouis du monde tel qu'il est, et tu vivras plus sage et plus tranquille. Mais si je répondais à qui me donne de semblables conseils : « Lorsque la fièvre t'agite, fais que ton pouls batte plus lentement et tu seras guéri. » N'aurait-il pas raison de me croire attaqué d'une fièvre encore plus dangereuse ? Comment donc puis-je donner des lois à mon sang, qui coule avec tant de rapidité dans mes veines?.. Lorsqu'il se presse dans mon cœur,

ses flots semblent y bouillonner,
et souvent ils s'en échappent avec
tant de fureur, même au milieu
du sommeil, qu'alors il me paraît
prêt à sortir par torrens de ma
poitrine. — O philosophes! me
voici tout prêt à suivre les lois de
votre sagesse, à condition que
lorsque je vous verrai fourbes, insensibles, incapables de secourir
la pauvreté sans lui faire outrage,
et de défendre la faiblesse contre
l'injustice; que je vous verrai, pour
satisfaire vos misérables petites
passions, prosternés aux pieds de
l'homme puissant, que vous haïs-
sez et qui vous méprise, à condition que je puisse alors verser sur
vous une goutte de cette bile brûlante, qui souvent arma ma voix
et mon bras contre la toute-puis-

sance, qui n'a jamais laissé mes
yeux secs et ma main fermée en
présence de la misère, et qui me
préservera toujours de l'infamie.
Vous vous croyez sages, et le
monde fait l'éloge de votre droiture..... Mais ne craignez rien.....
n'ayez aucune inquiétude ; nos
parts sont égales : que Dieu vous
préserve de mes folies, et je le
supplie du fond de mon cœur de
me préserver de votre sagesse. —
Lorsque je vois ces prétendus philosophes passer près de moi sans
m'apercevoir, je cours aussitôt,
Lorenzo, chercher un refuge dans
ton sein. Tu respectes charitable-
ment mes passions, et pourtant tu
as vu le lion s'adoucir souvent à
ta voix. Mais aujourd'hui !... tu le
vois, conseils et raison, tout m'est

devenu funeste. Malheur à moi, si je n'obéissais pas à mon cœur!... La raison? la raison est comme le vent, qui éteint les flambeaux et allume les incendies. Adieu, adieu.

———

Dix heures du matin.

J'ai réfléchi qu'il vaut mieux que tu ne m'écrives que lorsque tu auras reçu de mes nouvelles. Je prends la route des Alpes liguriennes pour éviter les glaces du Mont-Cénis ; tu sais que pour moi le froid est mortel.

———

Une heure.

Nouvel embarras. Il faut encore deux jours avant que je puisse obtenir un passeport. Je mettrai cette lettre à la poste au moment de monter en voiture.

———

8 février, à une heure et demie.

ME voilà pleurant sur tes lettres. En mettant mes papiers en ordre, mes regards sont tombés sur ces mots, que tu m'écrivis au bas d'un billet de ma mère, deux jours avant mon départ des Collines. — « Toutes mes pensées t'accompa- » gnent, mon cher Jacopo ; tous » mes vœux sont avec toi, ainsi » que mon amitié, qui sera éter- » nelle. Je veux être toujours ton » ami, ton frère ; je veux toujours » partager mon ame avec toi. » Sais-tu que je répète à chaque

instant ces tendres assurances, et
que je me sens si profondément
ému, que je suis tout prêt à venir
me jeter à ton cou, et mourir dans
tes bras. Adieu; adieu, je revien-
drai; nous nous reverrons encore.

A trois heures.

JE suis allé faire mes adieux à
Parini. « Adieu, me dit-il, infortuné jeune homme; tu porteras
partout avec toi tes passions géné-
reuses, que tu ne pourras jamais
satisfaire. Tu seras toujours malheureux.

Je ne puis adoucir tes peines par
mes conseils; les conseils n'ont jamais calmé les miennes, qui déri-
vent de la même source. Les glaces

de l'âge ont engourdi mes membres, mais mon cœur... est encore brûlant. La seule consolation que je puisse te donner, est ma pitié... Tu l'emportes toute entière. Bientôt j'aurai cessé de vivre; mais si mes cendres conservent encore quelque sentiment..., si tu peux trouver quelque soulagement en exhalant tes plaintes sur ma sépulture, viens... »
— Je le quittai en versant un torrent de pleurs; il sortit pour me suivre des yeux, tandis que je m'éloignais dans ce long corridor, et je l'entendis encore plusieurs fois me crier adieu, d'une voix altérée par les larmes.

Neuf heures du soir.

TOUT est prêt; les chevaux sont

commandés pour minuit. Je vais,
en les attendant, me jeter tout habillé sur mon lit. Je suis harassé de
fatigue!

Adieu, cependant, adieu Lorenzo. J'écris ton nom et je te salue
du fond du cœur, et avec de cer-
tains pressentimens qui ne m'ont
jamais agité. Nous nous reverrons...
sans doute !... Mourrais-je sans te
revoir, et sans te donner un dernier
gage de ma reconnaissance? Et toi,
ma Thérèse..., entends ma voix,
je t'adore; mais puisque mon malheureux amour t'enlèverait le repos et jeterait le trouble au sein de
ta famille, je pars, sans savoir où
m'entraînera le destin !... Que les
Alpes, que l'Océan, que le monde
entier, s'il est possible, nous séparent !

Génes, 11 février.

LE soleil est plus beau ! Toutes
mes fibres éprouvent un délicieux
frémissement ; elles ressentent la
douceur de ce ciel rayonnant et salutaire. Comme je suis maintenant
content d'être parti ! Je continuerai
ma route dans quelques heures ; je
ne puis te dire encore où je m'arrêterai , ni quel sera le terme de
mon voyage: ce qu'il y a de sûr ,
c'est que je serai le 16 à Toulon.

La Pietra , 15 février.

DES routes escarpées , d'horribles
montagnes , d'affreux précipices ,
toute la rigueur de la saison , toute

la fatigue et l'ennui d'un voyage, et puis :

Nuovi tormenti e nuovi tormentati (1).

Je t'écris d'un petit village situé au pied des Alpes-Maritimes, où il a bien fallu m'arrêter, car la poste est sans chevaux ; je ne sais même quand je pourrai partir. Me voici donc encore avec toi et toujours avec de nouveaux chagrins. Je suis destiné à ne pas faire un pas sans rencontrer la douleur sur ma route. — Je suis sorti vers midi pendant ces deux jours, m'écartant à-peu-près à un mille de l'habitation, pour me promener sous quelques oliviers plantés près des bords de la mer. Je vais là me reconforter

_____

(1) De nouveaux supplices et de nouvelles victimes.

aux rayons du soleil, et respirer
un air pur et salutaire ; quoique le
printems de cette année ne soit
pas aussi doux que de coutume,
même dans cet heureux climat. Je
me croyais seul dans cet endroit,
ou du moins inconnu à tous les
passans ; mais à mon retour, Michel vint m'allumer du feu, et il
me dit en même tems, qu'il était
arrivé dans cette chétive hôtellerie
un voyageur sous les livrées de la
misère ; cet homme lui avait demandé si je n'avais pas étudié à
Padoue il y avait déjà quelques
années ; il paraissait assez sûr de
son fait, quoiqu'il n'eût pas pu dire
mon nom ; et, d'ailleurs, il savait le
tien.... « En vérité, poursuivit Michel, je ne savais trop que lui répondre ; cependant, je lui ai dit

d'approcher : il parlait vénitien , et
il est si doux de trouver un compa-
triote dans cette solitude , et puis...
il est si las ! Enfin , je lui ai promis...
Peut-être cela déplaira-t-il à monsieur... ; mais il m'a fait tant de
compassion , que je lui ai promis
de le faire venir ; et il attend à la
porte. » — Qu'il vienne , dis-je à
Michel. Pendant qu'il allait le chercher , je me sentis pénétré d'une
tristesse imprévue. Mon domestique
rentra avec un homme maigre et
d'une taille élevée ; il me parut
jeune , sa figure était belle , mais
la douleur l'avait sillonné de ses
rides. O mon ami ! j'étais près du
feu enveloppé dans mon manteau ;
une ample redingotte pendait près
de moi sur une chaise ; l'hôte allait
et venait pour préparer mon dîner...

et cet infortuné était à peine couvert d'un surtout de toile ; sa vue
seule me faisait grelotter. La tristesse de mon accueil et son état
misérable parurent le déconcerter
d'abord ; mais il s'aperçut bientôt
que ton Jacopo n'est pas fait pour
embarrasser les malheureux, et il
s'assit avec moi près du feu pour
me raconter les derniers événemens de sa triste vie. « J'ai connu
beaucoup, me dit-il, un écolier
qui, à Padoue, était jour et nuit
avec vous ; et il te nomma. Combien de tems s'est écoulé, ajouta-
t-il, depuis que je n'en ai point reçu
de nouvelles ! mais j'espère que la
fortune ne l'aura pas traité aussi
cruellement que moi. J'étudiais
alors... » —Je ne te dirai point qui
il est, cher Lorenzo. Dois-je t'affli-

ger par le récit des infortunes d'un
homme qui jadis fut heureux , et
que tu aimes peut – être encore ?
N'est-ce pas déjà trop que le sort
t'ait condamné à pleurer toujours
sur les miennes ? » En venant aujourd'hui d'Albenga , poursuivit-il ,
je vous ai rencontré sur les bords
de la mer. Vous ne vous êtes pas
aperçu que je me suis retourné
plus d'une fois pour vous regarder ;
je croyais me rappeler vos traits ,
mais ne vous. connaissant que de
vue , et ne vous ayant point re-
trouvé depuis plus de quatre ans ,
je m'imaginai que je m'étais trompé.
Votre domestique m'a confirmé
dans mes premières idées. »

Je le remerciai d'être venu me
voir; je lui parlai de toi : » Votre visite m'est encore plus agréable ,

ajoutai-je , puisque vous m'avez
rappelé le nom de Lorenzo. » — Je
ne te répéterai point son triste récit tout entier. En voici les princi-
paux détails : Il émigra après la
paix de Campo-Formio , et s'en-
rôla en qualité de lieutenant dans
l'artillerie cisalpine. Se plaignant
un jour des fatigues et des vexa-
tions qu'il était obligé de supporter,
un de ses amis lui promit un emploi ; mais l'ami et l'emploi lui
manquèrent à-la-fois. Il traîna depuis ce moment une vie misérable
en différens endroits de l'Italie , et
s'embarqua à Livourne.

Pendant qu'il parlait , j'entendais
dans la chambre voisine des cris
d'enfant et des gémissemens plaintifs. Je m'aperçus qu'il s'arrêtait
et prêtait l'oreille avec une certaine

inquiétude, et qu'il reprenait son récit quand les cris avaient cessé....
« Peut-être, lui dis-je, sont-ce des voyageurs qui viennent d'arriver.
— Non, me répondit-il, c'est ma petite fille, âgée de treize mois. »

Et il se mit à me raconter que, tandis qu'il était lieutenant, il avait épousé une jeune fille d'une condition pauvre, et que les marches continuelles que cette jeune personne ne pouvait supporter, et la modicité de sa paye l'avaient encore déterminé à s'abandonner à l'homme qui depuis l'avait trompé. De Livourne il était passé à Marseille..., pour ainsi dire, à l'aventure. Depuis, il avait parcouru toute la Provence et le Dauphiné, cherchant à enseigner l'italien, sans trouver nulle part ni pain, ni tra-

vail. Maintenant il revenait d'Avi-
gnon, et cherchait à regagner Milan. « Quand je me retourne en
arrière, ajouta-t-il, et que je regarde le tems passé, je ne sais
comment il s'est écoulé pour moi.
Sans argent, suivi d'une épouse
exténuée, dont les pieds étaient déchirés, dont les bras épuisés pouvaient à peine supporter le fardeau
d'une innocente créature qui demandait vainement du lait au sein
desséché de sa mère, et dont les
cris nous fendaient le cœur... Que
de jours brûlans dont il nous a fallu
supporter le poids sur les grandes
routes ! Combien de nuits glaciales
nous avons été forcés de passer
dans les écuries, au milieu des bêtes
de somme, ou dans les cavernes,
comme les bêtes féroces ! Chassé

de ville en ville par tous les gouvernemens , parce que mon indigence
me fermait la porte des magistrats ,
on m'empêchait de faire valoir mes
faibles talens ; ceux qui m'avaient
connu faisaient semblant de ne pas
me reconnaître , ou souvent me
tournaient le dos. — Cependant ,
lui dis-je , je sais qu'à Milan , et
même ailleurs , on regarde avec
considération un grand nombre de
nos compatriotes émigrés. — Ainsi
donc , reprit-il , ma cruelle destinée n'a rendu les hommes cruels
que pour moi seul : les ames bien-
faisantes même se lassent de faire
le bien : il y a tant de misérables ,
je ne sais... mais tel... et tel... (et
les noms de ces hommes, dont je
découvrais ainsi l'hypocrisie, étaient
pour moi , Lorenzo , autant de

coups de poignard dans le cœur.)
Celui-ci m'a fait attendre vainement
à sa porte ; puis, après s'être joué
cent fois de ses promesses, il m'a
fait parcourir plusieurs milles pour
aller, jusqu'à sa maison de plaisance,
recevoir quelque faible aumône.
Le plus humain m'a jeté un mor-
ceau de pain sans vouloir me regarder ; et le plus généreux me
fit traverser sous ces haillons un
nombreux cortège de convives et
de domestiques ; il me rappela
l'antique prospérité de ma famille,
me prêcha l'amour du travail et de
la probité, et me dit amicalement
de repasser le lendemain matin. Le
lendemain, je trouvai trois laquais
dans l'antichambre : l'un d'eux me
dit que son maître était encore au
lit, et me mit dans la main trois

écus et une chemise. Ah! monsieur,
je ne sais si vous êtes riche..., mais
votre visage et vos soupirs me di-
sent que vous êtes malheureux et
compatissant. Croyez-moi, j'ai eu
la preuve que l'argent fait souvent
paraître bienfaisant l'usurier même,
et que l'homme opulent daigne ra-
rement choisir le misérable pour
l'objet de ses bienfaits. » Je me tai-
sais, et il ajouta en se levant pour
me quitter : « Les livres m'ont appris
à aimer les hommes et la vertu ; mais
les livres, les hommes et la vertu
m'ont tous trahi. J'ai l'esprit orné, le
cœur grand, et mes bras sont incapables d'aucun métier utile. Si du sein
de la terre, où il repose maintenant, mon père pouvait entendre
mes gémissemens ; s'il pouvait entendre avec quelle amertume je lui

reproche de n'avoir pas fait de ses
cinq enfans des menuisiers ou des
tailleurs! Le ridicule amour - propre de conserver la noblesse sans
fortune l'engagea à dissiper le peu
qu'il possédait pour nous mettre à
l'université et nous lancer dans le
beau monde. Et qu'en est-il résulté
pour nous?... Je n'ai jamais su
comment la fortune a traité mes
frères ; toutes mes lettres sont res-
tées sans réponses. Ils sont malheureux ou dénaturés; mais pour moi...
voilà le fruit de l'ambition de mon
père. Combien de fois n'ai - je pas
été forcé par la nuit, par le froid
ou par la faim, de me retirer dans
une hôtellerie ; mais en y entrant
sais-je comment je m'acquitterai le
lendemain avec mon hôte. Sans sou-
liers, sans habits... — Ah! couvre-

toi, lui dis-je, en me levant et en
l'enveloppant de ma redingotte. »
Michel, qui venait d'entrer dans la
chambre pour quelques affaires,
et qui s'était arrêté à quelque distance pour écouter, Michel s'approcha en essuyant ses yeux du re-
vers de sa main, et lui ajusta la redingotte sur le dos, mais avec un
certain respect, et comme s'il crai-
gnait d'insulter à la mauvaise fortune d'un homme aussi bien né.

O Michel! je me souviens que
tu pouvais vivre en liberté ; ton
frère aîné t'avait appelé près de lui
pour l'aider dans son commerce,
et cependant tu as préféré servir
pour rester avec moi. Je connais
le tendre respect avec lequel tu dis-
simules mes impétueux caprices,
et tu gardes même le silence lors-

que je me livre à d'injustes empor-
temens ; je vois avec quel plaisir
tu m'accompagnes au milieu des
ennuis de la solitude, avec quelle
constance tu soutiens les fatigues
de mon pélerinage. Souvent tu
m'égayes par tes joyeuses saillies ;
mais lorsque, vaincu par le chagrin qui me dévore, je garde le
silence pendant des journées entières, alors tu réprimes la joie de
ton cœur pour ne pas me faire apercevoir ma sombre mélancolie...
Mais ta conduite touchante envers
cet infortuné a mis le comble à ma
reconnaissance. Tu es le fils de ma
nourrice, tu fus élevé dans ma famille : je ne t'abandonnerai jamais.
Et je t'aime encore plus lorsque je
pense que ton état servile aurait
peut-être endurci ton heureux ca-

ractère, s'il n'avait pas été cultivé
par mon excellente mère, par cette
femme dont l'esprit délicat, dont
les manières enchanteresses adou-
cissent et rendent aimable tout ce
qui respire autour d'elle.

Quand je fus seul je donnai à
Michel tout l'argent dont je pouvais disposer, et il le porta, pendant mon dîner, à ce pauvre abandonné. A peine ai-je réservé de
quoi gagner Nice, où je négocierai
les lettres de change que je me suis
fait expédier par des banquiers de
Gênes pour Toulon et Marseille.

— Ce matin avant de partir, ce
pauvre malheureux vint me faire
tous ses remercîmens, accompagné de sa femme et de sa petite
fille, et tu ne peux te faire idée du
sentiment de joie qui l'animait, en

me disant : « Sans vous je me serais
jeté aujourd'hui dans le premier
hôpital... » Je n'eus pas le courage
de lui répondre, mais mon cœur lui
disait tout bas : Maintenant tu as
de quoi vivre pendant quatre mois...
pendant six....; mais, ensuite ? La
trompeuse espérance qui te guide
par la main, te conduit peut-être
par une route agréable dans un
sentier plus affreux encore que celui
dont tu viens de sortir. Tu te
jetais dans le premier hôpital..., et
près de toi peut-être était le trépas.
Mais ce faible secours, et en vérité
la fortune ne me permet pas de t'en
offrir un plus considérable, ce
faible secours va te rendre quelques
forces, tu pourras endurer encore
pendant quelque tems ces maux
qui t'avaient déjà presque entière-

ment consumé, et qui allaient te
délivrer du fardeau de la vie. Jouis
cependant du présent.......; mais
quelles affreuses extrémités n'as-tu
pas été contraint de supporter pour
qu'une situation si cruelle pour
tant d'autres paraisse si douce à
tes yeux? Ah! si tu n'étais pas
époux et père, peut-être te con-
seillerais-je... — Je l'embrassai sans
lui dire une parole, et, pendant
qu'ils s'éloignaient, je les suivais
des yeux avec un serrement de
cœur inexprimable.

Hier au soir je me disais, en
me déshabillant, pourquoi cet
homme a-t-il quitté sa patrie?
pourquoi s'est-il marié? pourquoi
a-t-il abandonné un emploi certain?
Toute son histoire me paraissait le
roman d'un insensé, et je m'em-

barrassais dans une multitude de
syllogismes afin de savoir ce qu'il
aurait pu faire ou ne pas faire pour
éviter ses malheurs. Mais, comme
j'ai plus d'une fois entendu répéter
sans fruit de semblables *pourquoi ;*
comme j'ai vu chacun s'ériger en
médecin dans les maladies des autres... j'ai fini par m'endormir, en
disant entre mes dents : O mortels !
qui jugez déraisonnable tout ce
qui n'est pas justifié par l'événement, mettez la main sur la conscience, et osez le dire ensuite...
Devez - vous vous enorgueillir de
votre sagesse plutôt que de votre
bonheur ?

Et me demandera-t-on maintenant
si j'ai ajouté une confiance entière
au récit de cet infortuné ? — Moi ?...
Je crois qu'il était à moitié nu et

que j'étais vêtu ; j'ai vu une femme languissante ; j'ai entendu les cris d'un enfant. Cher Lorenzo, on cherche sans cesse avec le microscope de nouvelles raisons pour condamner le pauvre, parce qu'on sent au fond de sa conscience le droit que la nature lui a donné sur la fortune du riche. — Eh ! dira-t-on, les malheurs ne proviennent pour la plupart du tems que du vice, et le crime a peut-être causé tous ceux de celui-ci... Peut-être ? Mais je ne le sais, ni ne veux le savoir. En qualité de juge, je condamnerais tous les criminels, mais en qualité d'homme !... Ah ! je pense au frisson que coûte la seule pensée du forfait, à la faim, aux passions qui entraînent à le commettre, aux perpétuelles inquiétudes, au re-

mords qui assaisonne le fruit ensan-
glanté du crime, aux cachots que
le coupable voit toujours prêts à
l'ensevelir ; et s'il échappe ensuite
à la justice, après avoir payé sa vie
au prix du déshonneur et de l'indigence, dois-je l'abandonner au
désespoir et à de nouveaux forfaits ? D'ailleurs, est-il seul coupable ? La calomnie, la violation
du secret, la séduction, la mé-
chanceté, la noire ingratitude sont
des crimes plus atroces, mais sont-
ils également comprimés ? et pour
qui le crime a-t-il jamais été le chemin de l'honneur et de la fortune !
— O législateurs ! ô juges ! punis-
sez, j'y consens, mais auparavant
venez visiter avec moi toutes les
chaumières de la campagne et les
faubourgs de toutes les capitales ;

par-tout vous verrez un quart de
la population se réveiller sur la
paille sans savoir comment pour-
voir aux premiers besoins de la vie.
Je sais que l'on ne peut changer la
société, et que la pauvreté, les
crimes et les supplices entrent eux-
mêmes dans les élémens de l'ordre
et de la prospérité universelle ; on
s'imagine que le monde ne peut
subsister sans législateurs et sans
juges ; il faut bien le croire, puisque tel est le sentiment général.
Mais, pour moi, je ne serai jamais
ni juge, ni législateur. Dans cette
immense vallée où l'espèce humaine naît, vit, meurt, se repro-
duit, se tourmente pour mourir
ensuite sans savoir pourquoi ni
comment, je ne vois que des heureux et des malheureux. Et si je

rencontre un de ces derniers , je
pleure notre sort commun , et je
verse autant de baume que je le
puis sur les blessures de l'homme;
mais je laisse ses mérites et ses
fautes dans la balance de la Divinité.

Vintimille , 19 et 20 février.

Tu es malheureux sans espoir ;
tu respires au milieu de l'agonie de
la mort , et tu n'en peux goûter le
repos ; mais tu dois souffrir pour
les autres. — Ainsi , la philosophie
exige de l'homme un héroïsme dont
la nature est incapable. Celui qui dé-
teste sa propre existence peut-il ap-
précier les faibles avantages dont il
n'est même pas sûr de faire jouir la
société ? — Doit-il sacrifier à cette
illusion tant d'années de larmes ? et

comment pourra-t-il songer aux
autres s'il n'a conservé pour lui ni
désirs, ni espérances, et si, abandonné par l'univers, il est encore
abandonné de lui-même ? Tu n'es
pas seul à plaindre... — Eh ! je ne
le sais que trop ! Mais cette consolation n'est-elle pas elle-même une
preuve de la secrète envie que tout
homme porte à la prospérité d'au-
trui ? L'infortune des autres n'ôte
rien à la mienne. Qui serait assez
généreux pour se charger de mes
douleurs, et qui, même avec la
volonté de le faire, pourrait y parvenir ? Tel autre aurait peut-être
plus de courage pour les supporter;
mais à quoi sert le courage sans la
puissance ? L'homme emporté par
le courant irrésistible d'un fleuve
n'est pas un lâche parce qu'il ne

veut pas employer ses forces. Et, d'ailleurs, où est le sage qui puisse s'établir juge de nos forces secrètes ? Qui peut assigner aux effets des passions une règle convenable à l'immense variété des caractères et à la multitude incalculable des circonstances, d'après lesquelles on a décidé que tel qui succombe est un lâche, et tel qui souffre un héros...; tandis que l'amour de la vie, objet des mépris du premier, aura seul excité le courage de l'autre.

Mais les dettes que tu as contractées envers la société ? — Et que lui dois-je ? Est-ce de m'avoir tiré du sein de la nature lorsque je n'avais ni la raison, ni le jugement nécessaire pour y consentir, ni la force de m'y opposer ? Est-ce de m'avoir entouré de ses besoins, de

m'avoir imbu de ses préjugés ?—
Pardonne, ô Lorenzo ! si je m'appesantis sur cette question tant de fois débattue entre nous. Je ne prétends pas t'arracher tes opinions, si elles sont contraires aux miennes ; mais je veux écarter de moi jusqu'à l'ombre du doute. Tu serais convaincu comme moi si tu ressentais les blessures de mon cœur ; ô mon ami, que le ciel te les épargne ! — Ai-je contracté ces dettes de mon propre mouvement ? Et ma vie doit-elle payer, comme un esclave, les maux dont la société m'a fait don, et qu'il lui a plu d'appeler des bienfaits ? J'en jouis et je les paie jusqu'à la fin de ma vie ; mais, si dans la tombe je cesse d'être utile à la société, il me semble qu'alors je cesse aussi

de lui être à charge. O mon ami !
chaque individu est ennemi de la
société, parce que la société est
nécessairement ennemie des indi-
vidus. Suppose que tous les mortels aient besoin de quitter la vie,
crois-tu qu'ils consentissent à la
supporter pour moi seul ? Si je
commets une action nuisible au
plus grand nombre, je suis puni,
tandis qu'il ne m'est jamais permis de tirer vengeance des leurs,
quelque funestes que les suites en
soient pour moi. Ils peuvent bien
prétendre que je suis moi-même
un des enfans de la grande famille;
mais je renonce aux bienfaits et
aux devoirs communs, et j'ai le
droit de leur dire : Je suis un
monde entier à moi seul, et je prétends secouer le joug, puisque vous

ne me donnez pas la félicité que vous m'avez promise. Si je ne trouve pas ma part de liberté individuelle, si les hommes me l'ont ravie parce qu'ils sont les plus forts, s'ils me punissent parce que je la réclame..., n'est-ce pas les délier de leurs engagemens trompeurs ? N'est-ce pas les délivrer de mes plaintes impuissantes que de chercher un asile dans le sein de la terre ? Ah ! ces philosophes qui ont prêché les vertus humaines, la probité naturelle, la bienveillance réciproque, sont devenus sans s'en apercevoir les apôtres de la fourberie ; ils ont tendu de funestes amorces à ce petit nombre d'ames pures et bouillantes qui aiment simplement les hommes par le désir d'être aimées à leur tour, et qui seront toujours victimes de leur confiance loyale , dont trop tard elles se repentiront.

Combien de fois, cependant, mon cœur a-t-il rejeté tous ces raison-nemens.... J'espérais encore con-sacrer mes tourmens au bonheur des autres ! Mais hélas !... au nom de Dieu , écoute et réponds-moi. De quelle utilité suis-je sur la terre ? De quelle utilité suis-je pour toi, moi fugitif au milieu de ces affreuses montagnes ? Quel hon-neur mes amis et ma patrie atten-dent-ils de mon existence ? Quel honneur puis-je en attendre moi-même ? Y a-t-il quelque différence entre la solitude où je vis et le tombeau ? La mort serait pour moi la fin de tous les maux , et mettrait un terme aux inquiétudes que je

vous donne. Au lieu de ces tourmens continuels, je ne vous cau-
serais qu'une seule douleur... bien
cruelle sans doute, mais qui serait
la dernière ; et vous seriez sûr au
moins de mon éternel repos. Ah !
la douleur ne délivre pas de la vie !

Il n'est pas de jour que je ne
songe aux dépenses que je cause à
ma mère depuis quelques mois ; et
je ne sais, en vérité, comment elle
peut faire pour y suffire. Si je re-
venais, je trouverais sans doute
notre maison déchue de toute sa
splendeur ; et même, avant mon
départ, des extorsions de toute espèce ne l'avaient que trop altérée ;
cependant cette excellente mère ne
met pas de bornes à ses bienfaits.
N'ai-je pas encore trouvé de l'argent à Milan ? Mais ces touchantes

libéralités la priveront à coup sûr
des commodités auxquelles elle est
accoutumée depuis son enfance.
Combien sa destinée a été malheureuse ! Ses biens ont soutenu notre
maison, ruinée par les libéralités
de mon père..... Et lorsque je
songe à l'âge de cette excellente
femme, mes pensées deviennent
encore plus déchirantes et plus
amères. — Elle ne sait pas que son
malheureux fils n'a plus besoin de
rien. Si elle lisait au fond de mon
cœur !.... si elle pouvait pénétrer
dans l'obscurité de mon âme, en
voir toute la désolation !.... Ne lui
en parle pas, ô Lorenzo ; mais, en
vérité, est-ce là jouir de la vie ?
Mais, que dis-je ? Je le sens, j'existe
encore, et l'unique soutien de mes
jours est une secrète espérance,

qui par fois même s'évanouit à mes yeux. O Thérèse ! le serment qui doit t'engager pour toujours sera mon arrêt.... Mais tant que je te saurai libre, tant que le destin de notre amour dépendra des caprices de la fortune:...,des hasards de l'avenir.... et de la mort; jusque-là tu seras ma Thérèse. Je te vois, je te parle, je te serre dans mes bras, et il me semble que, malgré la distance qui nous sépare, tu sens l'impression de mes baisers et de mes larmes. Mais lorsque ton père t'aura sacrifiée sur l'autel comme une victime de réconciliation,... quand ton désespoir aura rendu la paix à ta famille,... alors je retomberai dans le néant. Et comment, tandis que j'existe, mon amour pourrait-il s'éteindre ? Et

comment ses douces illusions ces-
seraient-elles d'avoir pour toi des
charmes dans le secret de ton
cœur ? Mais lorsque l'heure fatale
aura sonné , elles seront désa-
vouées par l'innocence ; je cesserai
d'aimer celle qui fut à moi , dès
qu'elle sera au pouvoir d'un autre...
J'aime avec excès Thérèse, et non
la femme d'Édouard.... Hélas ! en
cet instant peut-être tu es entre ses
bras ! — Lorenzo !.... Ah ! Lorenzo !.... Le voilà , c'est cet affreux démon qui empoisonne ma
vie ; il revient me persécuter , il
m'agite , il me tourmente, il trouble ma raison , il glace mon sang
dans mes veines , il me rend furieux , et souffle dans mon cœur
les plus horribles projets.... Vous
pleurez tous....Eh, pourquoi, génie

cruel, armes-tu ma main d'un poignard ? Tu marches devant moi,
tu regardes si je te suis , tu me
montres où je dois frapper ? Es-
tu le ministre des vengeances du
ciel ? — C'est ainsi que tour-à-
tour en proie à la fureur, à la su-
perstition , je me prosterne le front
dans la poussière , je conjure en
frémissant un Dieu que je ne connais pas, que je n'ai point offensé ,
dont je doute sans cesse..., et puis
je tremble et je l'adore. De qui puis-
je attendre des forces ? Ce n'est ni
de moi-même ni des hommes ; la
terre est ensanglantée, le soleil me
dérobe sa lumière.

Enfin....., je suis plus calme !
Mais quelle tranquillité ! C'est la
fatigue , l'accablement de la mort.
Je me suis égaré dans ces mon-

tagnes ; on n'y voit ni chaumière ,
ni arbre, ni gazon ; par-tout des
troncs desséchés , des rochers horribles frappent les regards , et çà et
là une foule de croix marquent la
place où le voyageur a tombé sous
le fer des assassins.

Plus bas un torrent , terrible au
moment de la fonte des glaces , se
précipite du sein des Alpes, au travers desquelles il s'est ouvert un
passage. Près de la mer , un pont
jeté sur l'abîme réunit les deux sentiers. Je me suis arrêté sur ce pont
d'où mes regards s'étendaient à
perte de vue ; sous mes pieds s'é-
tendait une chaîne de rochers effrayans et d'horribles précipices ;
à peine l'œil pouvait-il distinguer
dans le lointain et sur le sommet
des Alpes , d'autres Alpes cou-

vertes de neiges dont la blancheur
se confondait avec les brouillards
du firmament ; le torrent roule en
grondant du sein de la montagne
entr'ouverte, et se précipite dans la
Méditerranée par cette gorge sau-
vage ; ici la nature est solitaire et
menaçante, et chasse de son empire tout être vivant.

Italie, terre privilégiée ! de toutes
parts tu présentes de semblables
barrières , qui pourtant n'ont jamais pu contenir la cupidité des
nations. Où donc sont tes enfans?
Hélas ! il ne te manque que la force
qui naît de la concorde ; alors je
terminerais glorieusement pour toi
ma cruelle destinée. Mais que peut
le bras d'un seul ? que peut sa
faible voix ? Qu'est devenue l'antique terreur de ton nom ? Mal-

heureux que nous sommes ! Nous
vantons sans cesse la gloire de nos
ancêtres, dont l'éclat ne sert qu'à
mettre notre lâcheté dans un plus
grand jour ; tandis que nous invo-
quons ces ombres magnanimes,
nos ennemis foulent audacieuse-
ment leurs cendres ; peut-être
même un jour viendra que, per-
dant à-la-fois et les biens, et l'intelligence et la voix, nous ressem-
blerons aux esclaves de l'antiquité,
ou nous nous verrons vendus
comme les malheureux habitans de
l'Afrique : peut-être verrons-nous
encore nos maîtres ouvrir les tombeaux de nos pères, arracher leurs
illustres débris du sein de la terre
et jeter leurs cendres au vent,
pour anéantir jusqu'à leur mémoire, puisqu'aujourd'hui nos fastes

nourrissent notre orgueil sans pouvoir nous arracher à notre léthargie.

C'est ainsi que j'exhale mes regrets, quand le beau nom d'Italien
vient gonfler mon cœur d'un noble
orgueil, et que, jetant les yeux
autour de moi, je n'aperçois plus
ma patrie. Mais je me dis bientôt :
les hommes paraissent travailler
eux-mêmes à leurs propres malheurs ; mais ces malheurs sont des
effets de l'ordre universel, et le
genre humain, avec tout son orgueil,
n'est que l'aveugle instrument de
la destinée. Nous raisonnons sur
les événemens de quelques siècles ;
que sont-ils dans l'immensité des
tems ? Comme les saisons de notre
courte existence, ils semblent quelquefois chargés d'aventures extra-

ordinaires, qui ne sont que des
conséquences simples et nécessaires
du principe éternel qui gouverne
les mondes. L'univers se meut par
contre-poids. Les nations se dévorent parce que l'une d'elles ne
peut subsister sans qu'une autre
ne lui serve de pâture. Je pleure
et je frémis en regardant l'Italie du
sommet des Alpes ; je veux invoquer le ciel, mais ma voix se perd
au bruit de ces flots de peuples
entraînés par le torrent des âges.
Lorsque les Romains subjuguaient
le monde, au-delà des mers, au-
delà des déserts, ils cherchaient de
nouveaux empires à dévaster, ils
brisaient les dieux des vaincus, ils
chargeaient de fers les princes et
les peuples les plus libres, jusqu'à
ce qu'enfin, ne trouvant plus de

sang étranger à répandre, ils dé-
chirèrent leurs propres entrailles.
Ainsi les Israélites détruisirent les
paisibles possesseurs de la terre de
Chanaan, et les Babyloniens plon-
gèrent ensuite dans l'esclavage les
prêtres, les femmes et les enfans
du peuple de Juda. Alexandre, à
son tour, renversa l'empire de Ba-
bylone, et, après avoir parcouru
toute la terre comme un feu dé-
vorant, se désespérait de n'avoir
pas un autre monde à ravager. Trois
fois les Spartiates démantelèrent
Messène; trois fois ils chassèrent
de la Grèce les Messéniens, qui
pourtant étaient Grecs comme eux,
adoraient les mêmes dieux, révé-
raient les mêmes ancêtres. Les anciens peuples de l'Italie se dévo-
raient entre eux, jusqu'au moment

où ils furent tous engloutis par la
fortune de Rome; et, dans le cours
de quélques siècles, la rëine du
monde devint la proie des César,
des Néron, des Constantin, des
Vandales et des papes. De quelle
épaisse fumée les bûchers humains
ont obscurci le ciel de l'Amérique?
combien de peuples à qui les Européens n'inspiraient ni craintes ni
envie, sont néanmoins tombés sous
leurs coups? de combien de sang
versé au-delà de l'Océan les flots
n'ont-ils pas souillé nos rivages?
Mais ce sang crie vengeance et doit
un jour retomber sur les fils des
Européens! Tous les peuples ont
leur époque de puissance. Aujour-
d'hui tyrans, ils se préparent eux-
mêmes des fers pour le lendemain.
Et ceux qui naguère payaient un

lâche tribut, l'imposeront bientôt
à leur tour avec le fer et avec le
feu. Le monde est une forêt rem-
plie de bêtes féroces. La famine,
les inondations et la peste sont, dans
la nature, semblables à la stérilité
d'un champ qui prépare l'abon-
dance pour l'année suivante ; et
peut - être aussi la félicité d'un
autre globe sera-t-elle le fruit des
misères de celui-ci.

Cependant nous décorons du
nom pompeux de vertu tout ce qui
concourt à consolider la puissance
de celui qui commande, et la terreur de celui qui obéit. Les gouvernemens nous soumettent à la
justice ; mais pourraient-ils l'établir, si, pour régner, ils n'en
avaient d'abord violé les premières
lois ?... L'ambitieux qui a volé des

provinces entières envoye solennèl-
lement à la potence le malheureux
qui, pour apaiser sa faim dévo-
rante, a volé du pain. Quand la
force a détruit tous les autres
droits, elle ne s'occupe que d'assurer les siens, et, pour y parvenir,
elle trompe les mortels avec les
apparences de la justice, jusqu'à ce
qu'une force plus puissanté vienne
la détruire à son tour. Voilà le
monde et les hommes. Toutefois
il s'en élève de tems en tems de
plus audacieux : on les traite d'a-
bord d'insensés, souvent même ils
périssent comme des criminels sous
la hache du bourreau; mais, si par
hasard ils sont protégés par la fortune, que dans leur ivresse ils regardent comme un de leurs privi-
léges, et qui n'est en résultat que

la marche irrésistible des choses, alors tout plie sous leur joug, l'univers tremble devant eux, et, après leur mort, ils reçoivent les honneurs divins. Tels sont les héros, les chefs de sectes et les fondateurs d'empires. Grâce à leur orgueil et à la stupidité du vulgaire, ils se croient élevés si haut par leur propre valeur, et ne sont pourtant que des rouages aveugles de la machine universelle. Quand une des révolutions de la terre est arrivée à son point de maturité, il se trouve nécessairement des hommes qui la commencent, et celui qui l'achève se sert de leurs têtes comme de marchepied pour arriver jusqu'au trône. La multitude, qui ne trouve ni justice, ni félicité sur la terre, crée des dieux protecteurs de sa

faiblesse, et cherche des dédomma-
gemens dans l'avenir pour ses malheurs présens ; mais, dans tous les
siècles, les dieux ont revêtus les ar-
mes des conquérans , et toujours ils
asservissent les nations aux passions,
aux fureurs, aux intrigues de quiconque veut régner.

Lorenzo ! sais-tu où réside encore la véritable vertu? Dans nous
seuls qui gémissons sous le poids
du malheur. Nous avons apprécié
toutes les erreurs , nous avons
éprouvé tous les maux de la vie,
nous savons plaindre et secourir
les malheureux. O divine compassion ! toi seule est la véritable
vertu. Toutes les autres sont des
vertus injustes.

Mais tandis que je laisse tomber
un regard sur les folies et les dé-

plorables misères de l'humanité, ne sens-je pas en moi toutes les passions, toute la faiblesse, toutes les douleurs, seuls élémens de l'homme. Ne soupiré-je pas chaque jour après ma patrie? Hélas! je me répète en pleurant: Tu as une mère et un ami; tu adores... Espères-tu, en fuyant, éviter les malheureux? La perfidie des hommes, les douleurs et la mort te suivront sur les terres étrangères. Tu succomberas peut-être, et personne n'aura pitié de toi; et pourtant ne sens-tu pas au fond de ton cœur le besoin de la pitié? Abandonné par les hommes, tu comptes peut-être sur l'assistance du ciel; mais il ne t'entend pas, quoique dans ses afflictions ton cœur se tourne involontairement vers lui.

O nature! se pourrait-il que nos malheurs te fussent nécessaires, et nous confondrais-tu parmi cette foule de vermisseaux et d'insectes que nous voyons s'agiter et se multiplier sans concevoir le but de leur existence? Mais, si tu nous as doués de ce funeste instinct de la vie, qui, sans laisser à l'homme la faculté de résister à tes lois, l'empêche de succomber sous le poids de ses misères, pourquoi nous faire un don plus funeste encore, celui de de la raison? Nous mettons la main sur nos plaies sans pou voir jamais connaître le moyen de les guérir.

Qui peut donc m'engager à fuir? vers quelle contrée lointaine vais-je diriger mes pas? où pourrai-je trouver des hommes différens des

autres hommes? sais-je à quels désastres, à quelles misères, à quelle
indigence je cours m'exposer loin
de ma patrie? — Non, non : je
retournerai vers toi, terre sacrée
qui as entendu les premiers cris de
mon enfance; vers toi, sur laquelle
j'ai reposé tant de fois mes membres
fatigués; vers toi, où j'ai trouvé
dans la paix et dans l'obscurité les
seuls plaisirs de ma vie; vers toi,
à qui, dans mon désespoir, j'ai
confié mes larmes, puisque l'univers s'est revêtu pour moi des sombres couleurs du deuil, puisque je
n'ai plus d'espoir que dans le sommeil éternel de la mort...... Vous
seules, ô mes forêts chéries, vous
seules recevrez mes derniers gémissemens, vous seules couvrirez mon
corps glacé de vos ombres paisi-

bles. Ils me pleureront au moins
ces malheureux témoins de mes infortunes ; et si les passions qui nous
dévorent brûlent encore au fond du
tombeau , mon ombre affligée jouira-
ra des soupirs de cette fille céleste
que je croyais formée pour moi ,
et que les préjugés des hommes et
mon cruel destin ont arrachée de
mes bras.

Alexandrie , 29 février.

De Nice, au lieu d'entrer en
France, j'ai pris la route du Mont-
Ferrat. Ce soir , je coucherai à Plai-
sance. Jeudi, je t'écrirai de Rimini.
Tu sauras alors... Adieu.

Rimini, 5 mars.

TOUT me manque à-la-fois. J'ac-
courais avec empressement pour
voir Bertola (1). Depuis long-tems
je n'avais reçu de ses lettres... Il est
mort.

———

Onze heures du soir.

JE viens de l'apprendre, Thérèse
est mariée. Tu gardes le silence
dans la crainte·de me porter le dernier coup... ; mais le malade gémit
lorsqu'il lutte contre la mort, et
non lorsqu'elle l'accable. Tant
mieux, tout est décidé ; et je suis

(1) Auteur de poésies champêtres.
(*Note de l'Editeur.*)

maintenant tranquille, parfaitement tranquille. — Adieu. Rome me tient toujours au cœur.

———

(Le fragment qui suit et qui porte la date de la même soirée, prouve que dès ce jour Jacopo prit la résolution de mourir. Plusieurs autres, recueillis comme celui-ci parmi ses papiers, font connaître les dernières pensées qui le raffermirent dans ce projet; et je vais les publier en les rangeant par ordre de dates.)

———

« Voila le terme : déjà depuis
» long-tems tout est décidé dans
» mon cœur... Le lieu, le moyen,
» — ni le jour ne sont éloignés. »

» Qu'est-ce que la vie pour moi ?
Le tems a dévoré les instans de
mon bonheur : je ne connais la vie
que par le sentiment de la douleur,
et maintenant même toute illusion
m'abandonne. Je médite sur le passé,
je fixe mes regards sur l'avenir, et
je ne vois par-tout que désespoir.
Ces années qui commencent à peine
la saison de la jeunesse, comme elles
ont passé lentement pour moi, au milieu des craintes, des espérances, des
désirs, des chimères et de l'ennui !
Si je cherche ce qu'elles m'ont laissé
pour héritage, je ne trouve en moi
que le souvenir de quelques plaisirs
qui ne sont plus, qu'un déluge de
maux qui accablent mon courage
et qui m'en font redouter de plus
cruels encore. S'il n'y a que douleur
dans la vie, en qui faut-il donc

espérer ? Dans le néant ou dans
une autre vie ? Tel est donc le résultat de mes longues délibérations :
» Le désespoir ne me rend point
» ennemi de moi-même, et je ne
» hais pas les vivans. Depuis long-
» tems je cherche la paix, et tou-
» jours la raison me montre la
» tombe. Combien de fois, plongé
» dans la contemplation de mes
» malheurs, n'ai-je pas commencé
» à désespérer de moi-même ! mais
» l'idée de la mort venait tout-à-
» coup dissiper ma tristesse, et je
» souriais à la douce espérance de
» cesser de vivre.

» Je suis tranquille, d'une tran-
» quillité que rien ne saurait trou-
» bler. Les illusions sont évanouies;
» les désirs sont éteints; mon cœur
» est déjà débarrassé de toute es-

» pèce de crainte et d'espérance.
» Mille fantômes, tantôt tristes,
» tantôt joyeux, ne viennent plus
» tourmenter mon imagination ;
» de vaines subtilités ne cherchent
» plus à flatter ma raison : tout est
» calme. — Regrets du passé, cha-
» grins du présent, crainte de l'a-
» venir : voilà la vie. La mort seule,
» ministre sacré du changement
» dans la nature, la mort seule
» m'offre la paix. »

———

Il ne m'écrivit pas de Ravenne,
mais il s'y rendit dans la même semaine, comme on voit par le mor-
ceau suivant :

———

« Ce n'est point un projet irré-

» fléchi, c'est le dessein d'un es-
» prit ferme et courageux. A com-
» bien de chocs n'a-t-il pas fallu
» résister, avant de pouvoir envi-
» sager la mort d'un œil aussi tran-
» quille! »

» Penché sur ton urne, ô res-
» pectable Dante! j'ai senti ma ré-
» solution s'affermir encore dans
» mon sein. Tu m'as vu peut-être?
» ô mon père! Est-ce toi qui
» m'a inspiré ce courage de cœur,
» cette force de jugement, tandis
» qu'agenouillé devant toi, la
» tête appuyée sur le marbre de
» ta tombe, je méditais sur ta fer-
» meté, sur ton amour, sur l'in-
» gratitude de ta patrie, sur ton
» exil, sur ta pauvreté, sur ton gé-
» nie divin? Ton ombre illustre
» était près de moi, elle m'a rendu

» plus calme et plus déterminé que
» jamais. »

———

LE 13 mars de grand matin, il
se rendit aux monts Enganéens, et
envoya Michel à Venise, après
s'être jeté tout botté sur son lit, où
il ne tarda pas à s'endormir. J'étais
en ce moment près de la mère de
Jacopo ; elle aperçut le domestique
avant moi : *Et mon fils*, lui cria-t-
elle toute effrayée! — Le lettre d'A-
lexandrie n'était pas encore arrivée,
ni même celle de Rimini ; nous
pensions que Jacopo était déjà en
France; aussi l'apparition subite de
son domestique nous parut-elle le signe d'un fâcheux événement. « Mon
» maître, nous dit-il, est à la cam-
» pagne; il n'a pu écrire, parce

» que nous avons voyagé toute la
» nuit; il reposait quand je suis
» monté à cheval. Je viens vous
» prévenir que nous répartirons
» bientôt; et je crois, d'après ce
» que je lui ai entendu dire..... et
» si j'ai bien compris.... que nous
» devons aller à Rome, et puis à
» Ancône, où nous nous embar-
» querons..... — D'ailleurs mon
» maître se porte bien, et depuis
» une semaine environ il me pa-
» raît fort soulagé. Il m'a dit qu'a-
» vant de partir il viendrait vous
» voir, et voilà le sujet de mon
» voyage; vous pouvez l'attendre
» après-demain, et peut-être de-
» main même. »

Michel paraissait content, mais
son récit confus augmenta nos soupçons, et ils ne se calmèrent que le

jour suivant, lorsque Jacopo nous
écrivit qu'il allait se mettre en route,
et que dans la crainte de ne pas revenir, il se proposait de nous voir
auparavant, et de recevoir la bénédiction de sa mère. — Ce billet
s'est égaré.

Cependant le jour même de
son arrivée, s'étant réveillé quatre
heures avant la nuit, il fut se promener jusqu'auprès de l'église; il
revint ensuite, se r'habilla et se
rendit à la maison T***. Un domestique lui apprit que depuis six
jours ils étaient tous revenus de
Padoue, et qu'ils étaient en ce moment à la promenade, mais qu'ils
ne pouvaient tarder à rentrer. Il
était presque nuit, Jacopo s'éloigna.
A peine avait-il fait quelques pas,
qu'il aperçut de loin Thérèse qui

venait en tenant par la main la petite Isabelle; derrière elles étaient
Edouard et M. T***. Jacopo fut
saisi d'un tremblement soudain, et
s'avança vers eux en chancelant.
Thérèse l'eut à peine reconnu,
qu'elle s'écria : *Dieu éternel!* et se
rejetant en arrière à moitié morte,
elle s'appuya sur le bras de son
père; elle ne dit plus un seul mot,
même lorsqu'il se fut approché et
que tout le monde l'eût reconnu.
M. T*** lui tendit la main avec
quelque embarras, et Edouard le
salua froidement. La petite Isabelle
avait seule couru au-devant de lui ;
et tandis qu'il la pressait dans ses
bras, elle l'embrassait et l'appelait
son cher Jacopo. Elle revint ensuite
vers Thérèse en causant avec lui et
le tenant par la main. Les autres

n'ouvraient pas la bouche ; Edouard
lui demanda seulement s'il comptait aller bientôt à Venise.... *Dans
peu de jours*, répondit Jacopo. Lorsqu'on fut à la porte de la maison il
prit congé d'eux et s'éloigna.

Michel, que rien ne put engager
à se reposer à Venise, dans la crainte
de laisser son maître seul trop long-
tems, reprit la route des Collines,
où il arriva une heure environ après
minuit ; il trouva Jacopo assis devant son secrétaire, et occupé à revoir ses papiers. Il en brûla une
grande quantité et en jeta sous son
bureau quelques-uns des moins im-
portans. Michel fut se coucher ;
mais le jardinier devait le rempla-
cer près de son maître ; car Jacopo
n'avait rien pris de tout le jour. Un
moment après on lui monta une

partie de son dîner, qu'il mangea
sans discontinuer la vérification de
ses papiers. Il n'acheva pas cependant cette opération, mais il se mit
à se promener dans la chambre, et
finit par prendre un livre. Le jardinier, qui l'observait, m'a dit que,
vers la fin de la nuit, il ouvrit la
fenêtre et y demeura un instant;
puis tout-à-coup, il revint à son
secrétaire, où il paraît qu'il écrivit
les deux fragmens qui suivent.

———

« Courage! voici un fourneau
» de braise ardente. Avance la main
» avec fermeté, que la flamme dé-
» vore ta chair; mais prends garde...
» ne va pas t'avilir par un seul gé-
» missement : à quoi servirait-il?
» — Mais, à quoi sert d'affecter un

» héroïsme qui n'est pas dans mon
» cœur?

» Il est nuit, entièrement nuit
» depuis long-tems.

» Pourquoi veillé-je, attaché sur
» ces livres ? — Ils ne m'ont rien
» appris que la vaine science d'éta-
» ler de la philosophie. Lorsque
» l'ame respire loin du joug des
» passions, leurs préceptes sont
» comme ceux de la médecine,
» qui ne peuvent rien dès que la
» maladie a vaincu les forces de la
» nature.

» Quelques sages se vantent d'a-
» voir dompté les passions qu'ils
» n'ont jamais combattues, c'est à
» quoi se borne tout leur courage.
» — Charmante étoile du matin !
» tu brilles à l'Orient, et tu frappes
» mes yeux..... de tes derniers

» rayons ! Qui l'eût dit , il y a six
» mois , lorsque tu devançais les
» autres planètes , lorsque tu venais
» réjouir la nuit de ta douce lu-
» mière , et recevoir mes saluta-
» tions et mes hommages ?

» L'aurore va paraître ! — Peut-
» être en ce moment Thérèse m'ac-
» corde-t-elle un souvenir.... Con-
» solante pensée ! Oh ! comme le
» bonheur d'être aimé tempère l'a-
» mertume de la douleur !

» Que dis - je ? Vaine illusion
» de la nuit ! Va.... tu cherches à
» me séduire ; mais le tems est
» passé , je suis désenchanté , je
» suis désabusé de moi-même ; il
» ne me reste qu'un seul parti. »

———

DANS la matinée il fit demander

une bible à Édouard, et celui-ci n'en ayant pas, Jacopo envoya chercher celle du curé; il s'enferma dès qu'on lui eut apporté le livre, et sortit ensuite à midi pour expédier la·lettre suivante, puis il revint s'enfermer.

———

14 mars.

« LORENZO..... depuis quelques mois un secret pèse sur mon cœur; mais l'heure du départ va sonner, il est tems que je le dépose dans ton sein.

Ton ami a toujours devant les yeux un cadavre. — J'ai fait mon devoir; depuis ce tems cette famille est moins à plaindre.... Mais ai-je pu rendre leur père à la vie?

Dans une de ces journées où le désespoir égarait ma raison , je montai à cheval et m'éloignai de plusieurs milles. Le jour était sur son déclin ; un orage se formait à l'horison , je crus devoir hâter mon retour. Mon cheval dévorait l'espace , et cependant mes éperons ensanglantaient ses flancs et je lui abandonnais la bride sur le cou , formant au fond de mon cœur le désir secret de le voir se précipiter dans un abîme , et m'y ensevelir avec lui. En entrant dans une allée étroite , longue, et fermée de deux cotés par une file d'arbres serrés , j'aperçus un homme....., je ressaisis la bride ; mais mon cheval s'animait encore davantage et s'abandonnait avec encore plus d'impétuosité. *A gauche , à gauche ,*

m'écriai-je ! Le malheureux m'entendit, il courut à gauche ; mais
le danger d'être foulé aux pieds lui
faisant perdre la tête, et se croyant
déjà le cheval sur le corps dans
cet étroit sentier, il se rejeta à
droite tout épouvanté, et au même
instant il fut atteint, renversé, et
les pieds du cheval lui fendirent le
crâne. Dans ce choc terrible mon
cheval s'abattit, je fus désarçonné
et lancé à quelques pas de distance..... ; je me relevai sain et
sauf, en maudissant le sort qui
me laissait la vie.—En ce moment
le râle de la mort vient frapper
mon oreille ; je cours, le malheureux rendait le dernier soupir au
milieu d'un ruisseau de sang ; je
le secoure, il n'avait plus ni voix
ni sentiment ; quelques minutes

après il était sans vie : je revins à
la maison. Cette nuit fut affreuse
pour toute la nature ; la grêle ra-
vageait les campagnes, de toutes
parts les arbres étaient frappés de la
foudre ; une chapelle isolée fut dé-
truite par la tempête. Dans cette
horrible obscurité je courais à travers les montagnes ; mes vêtemens
et mon ame étaient ensanglantés ;
au milieu du bouleversement je
cherchais la peine de ma faute.
Quelle nuit ! Crois-tu que ce spectre
terrible ne m'a jamais pardonné ?

Le jour suivant...... on parla
beaucoup de ce malheureux. On
le trouva mort dans le sentier, un
demi-mille plus loin, sous un
monceau de pierres, entre deux
châtaigniers brisés par l'orage et
qui barraient le chemin ; sa figure

et ses membres étaient affreuse-
ment déchirés, et les cris de sa
femme, qui le cherchait, le firent
seuls reconnaître. Sa mort ne fut
imputée à personne ; et pourtant les
bénédictions de sa veuve devaient
m'accuser : j'avais sur-le-champ marié sa fille au neveu de mon fermier
et assigné une rente à son fils,
qui se destinait à l'état ecclésias-
tique. Hier, encore, ils vinrent me
rendre de nouvelles actions de
grâce, en me disant que je les avais
délivrés de la misère dans laquelle
depuis tant d'années languissait la
famille de ce pauvre laboureur.
Hélas ! il y a tant d'autres malheureux comme vous.....; mais ils
ont au moins un mari et un père
dont l'amour les console, et qu'ils
ne changeraient pas pour toutes les

richesses de la terre..... Et vous !

Tous les villageois redoutent ce sentier, et lorsqu'ils retournent de leurs travaux ils passent par les prairies pour l'éviter : on dit qu'on y entend des soupirs pendant l'obscurité, que l'oiseau de mauvais augure se pose dans le feuillage et pousse trois cris plaintifs vers le milieu de la nuit, que l'on y a même aperçu un revenant.... — Je n'ose les désabuser ou rire de tous ces contes ; mais tu découvriras tout après ma mort. Le voyage que je vais entreprendre est dangereux, l'avenir incertain ; je ne puis emporter avec moi ce terrible secret ; que cette veuve, que ces deux enfans dont j'ai causé le malheur soient des objets sacrés dans ma maison. Adieu.

On trouva dans la bible, assez long-tems après, des traductions pleines de ratures et presque illisibles de quelques passages du livre de Job, du second chapitre de l'Ecclésiaste, et de tout le cantique d'Ézéchiel.

Vers les quatre heures après midi il se rendit chez M. T***; on sortait de table, et Thérèse était déjà seule dans le jardin. Son père reçut Jacopo avec bonté. Edouard se mit à lire près du balcon, et posa son livre sur la table au bout d'un moment; il en prit ensuite un autre et remonta dans sa chambre en lisant; alors Jacopo prit le premier livre à l'endroit où Edouard l'avait laissé ouvert. C'était le tome IV des tragédies d'Alfieri; il en parcourut quelques pages , puis lut avec chaleur ce qui suit :

Chi siete voi ? . . . chi d'aura aperta e pura
Qui favellò ? . . . questa ? è caligin densa ;
Tenebre sono ; ombra di morte. . . . Oh ! mira :
Più mi t'accosta ; il vedi ? Il sol d'intorno
Cinto ha di sangue ghirlanda funesta. . . .
Odi tu canto di sinistri augelli ?
Lugubre un pianto sull' aere si spande
Che me percuote , et a lagrimar mi sforza... . .
Ma che ? Voi pur , voi pur piangete ? . . .

O mon fils ! lui dit le père de Thérèse en le regardant avec tendresse ! Il ne répondit rien , continua sa lecture à voix basse , et bientôt il s'écria , en jetant le livre sur la table :

» .... Je ne vous ai pas encore
» donné de preuves de mon cou-
» rage , mais il répondra à l'excès
» de ma douleur. »

Edouard rentrait en ce moment,

il entendit Jacopo prononcer ces
paroles avec une expression si ex-
traordinaire, qu'il s'arrêta tout pensif à la porte du salon. M. T***
me raconta dans la suite qu'il crut
lire en cet instant la sentence de
mort sur le visage de notre malheureux ami, et que pendant ces
derniers jours toutes ses paroles
commandaient le respect et la pitié.
Ils causèrent ensuite de son voyage ;
et comme Edouard lui demandait
s'il comptait faire une longue ab-
sence : *Oui*, répondit-il, *je suis
sûr que nous ne nous reverrons plus.*

Il revint dîner chez lui vers le
soir, et ne sortit de sa chambre
qu'assez tard dans la matinée suivante. Je vais donner ici quelques
fragmens que je crois de cette nuit,
quoique je ne puisse répondre

avec certitude du moment où il les écrivit.

———

» O toi, qui crie à la lâcheté ! n'es-tu pas un de ces mortels qui couvrent toute la terre, et qui, honteusement chargés de fers, n'osent pas même répandre des larmes, et baisent sans pudeur la main qui les frappe ? Quel fut dans tous les tems le sort de l'homme ? Le courage n'a-t-il pas régné constamment sur l'univers, ce vil composé de terreur et de faiblesse ?

» Tu m'accuses de lâcheté, tandis que tu vends ton honneur et les plus secrets sentimens de ton cœur.

» Viens.... viens me voir rendre

le dernier soupir au milieu des
flots de mon sang. Ne frémis-tu
pas ? Qui de nous deux maintenant est le lâche ? Mais, arrache
ce fer de ma poitrine, et dis-toi :
*Suis-je destiné à vivre eternelle-
ment ?* La douleur est cruelle,
mais courte et glorieuse...... Qui
sait ? la fortune te prépare peut-
être une mort plus douloureuse
encore et plus infâme. Et maintenant que par ta propre volonté
cette arme est dirigée vers ton
cœur, ne te sens-tu pas capable
des plus hautes entreprises ? et
ne te semble-t-il pas que tu tiens
dans tes mains le sort de tes
tyrans ?

» Je contemple la nature : quelle
nuit sereine et paisible ! La lune
se lève derrière la montagne.

Astre mélancolique ! ami des infortunés ! peut-être en ce moment répands-tu sur les traits
charmans de Thérèse un de ces
doux rayons qui pénètrent jusqu'au fond de mon cœur. Tu
reçus toujours mon hommage,
lorsque tu venais consoler le
monde et régner sur ses muettes
solitudes. Souvent, en quittant
Thérèse, je t'ai prise à témoin
de ma douleur et de mon délire;
mes yeux mouillés de larmes
te suivaient jusqu'au sein des
nuages qui dérobaient ta lumière;
je te redemandais au milieu des
nuits que tu laissais dans l'obscurité. Tu reparaîtras, tu reparaîtras toujours plus belle ; et
mon corps défiguré, mes restes
insensibles vont bientôt tomber,

et pour jamais. Pour la dernière
fois , entends ma prière , ne me
refuse pas un dernier bienfait ;
lorsque Thérèse viendra me chercher au milieu des cyprès et des
pins de la montagne , verse ta
lumière sur le gazon de mon tombeau.

» Brillante aurore !..... il y a
long-tems que je n'avais goûté
·la douceur d'un sommeil aussi
paisible , et que tes roses ne
m'avaient paru si fraîches et si
vermeilles ! Mes yeux étaient toujours chargés de pleurs, mon imagination s'égarait dans les ténè-
bres, et mon ame nageait dans la
douleur.

» O nature ! pare-toi de tout
ton éclat, viens adoucir les chagrins des mortels.... Tu ne bril-

leras plus pour moi. Jadis j'ai senti le pouvoir de ta beauté, je me suis enivré de tes charmes; je te regardais alors comme la source de tous les biens, et je croyais entendre ta voix divine m'ordonner de vivre. Mais dans mon désespoir, j'ai vu tes mains souillées de sang, le parfum de tes fleurs s'est changé pour moi en un venin perfide, tes fruits se sont imprégnés d'amertume.... Je t'ai vue comme une cruelle marâtre dont les présens et les charmes recèlent le poison et la douleur.

» Serai-je donc ingrat envers toi ? Traînerai-je une vie misérable pour t'accuser de fureur et te rendre l'objet de mes blasphêmes ? Non, non; en chan-

geant mon cœur , en fermant
mes yeux à ta lumière, ne m'a-
bandonne pas tout entier , et ne
me force pas de te méconnaître:
maintenant , hélas ! je te regarde
et je soupire......; mais je te regarde encore avec des yeux d'a-
mour, car je me souviens de tes
douceurs passées ; et prêt à te
perdre , je n'aurai bientôt plus à
te redouter.....

» Je ne crois pas enfreindre tes
lois en quittant la vie. La vie et
la mort te sont également sou-
mises, mais une seule route conduit à la naissance, et mille con-
duisent au trépas. Si tu ne nous
rends pas responsables des maladies qui nous tuent , prétendrais-
tu nous faire un crime des passions qui ont les mêmes effets

et la même cause , puisqu'elles
viennent de toi ? et pourraient-
elles nous subjuguer , si tu ne
leur en avais pas donné la force?
Tu n'as pas même déterminé la
carrière que chacun de nous doit
parcourir. Naître , vivre et mourir , telles sont tes lois ; qu'importe la durée de leur pouvoir
et la manière dont elles s'accom-
plissent.

» Je ne t'enlève rien de ce que
tu m'as donné. Mon corps , cet
atôme imperceptible , doit se réunir à toi sous une autre forme.
Si mon ame..... meurt avec moi,
elle subira les mêmes modifica-
tions dans la masse immense de
la matière. Si elle est immortelle,
son essence ne peut recevoir aucune atteinte. En vain ma raison

cherche à me tromper ; n'entends-je pas la voix solennelle de la nature qui me crie : Je t'ai fait naître avec des droits à partager la félicité universelle, et je t'ai donné l'instinct de l'amour de la vie et de l'horreur de la mort. Mais si l'excès de la douleur l'emporte sur l'instinct, ne dois-tu pas te servir des moyens que je t'offre pour mettre un terme à tes maux ? Quelle reconnaissance t'engage envers moi, lorsque la vie que je t'ai donnée comme un bienfait se convertit pour toi en un cruel fardeau ?

» Me croire nécessaire au monde! Quelle arrogance ! Mes années ne sont qu'un point imperceptible dans l'étendue sans bornes du temps. Je vois des fleuves

de sang qui roulent avec leurs
flots des monceaux de cadavres
palpitans encore. Ces millions
d'hommes ont été sacrifiés à quelques milliers d'arpens de terre,
à un demi-siècle de renommée,
que deux conquérans se sont dis-
putés avec la vie des peuples.
Et je craindrais de me consacrer
à moi seul ce petit nombre de
jours de douleur, quime seront
peut-être enlevés par les persécutions des hommes, ou que je
suis réservé à souiller par des
crimes. »

J'ai recherché avec un respect
religieux les traces de mon ami
près d'arriver à son heure suprème,
et je transcris, avec le même soin,

tout ce que j'ai recueilli de ses démarches dans ces funestes momens. Je n'avancerai donc rien que je n'aie vu ou qui ne m'ait été raconté par des témoins. Malgré toutes mes informations, je n'ai obtenu aucun éclaircissement sur ce qu'il a pu faire pendant les journées des 16, 17 et 18 mars. Il se dirigea plusieurs fois vers la maison T*** , mais il n'y entra point; il se levait tous les jours avant l'aurore et ne reparaissait qu'assez tard; il rentrait sans dire une séule parole, et Michel m'assura qu'il avait assez tranquillement reposé toutes les nuits.

La lettre qui suit est sans date, mais elle fut écrite dans la journée du 19.

» Me trompé-je ? Thérèse....,
Thérèse elle-même me fuirait-elle?
Edouard est toujours à ses côtés.
Je voudrais la voir sans témoins
une fois , une seule fois. Apprends
donc , toi qui presse chaque jour
mon départ, apprends qu'alors je
serais déjà parti , oui , je serais
parti si j'avais pu lui confier mes
dernières larmes Quel silence dans
cette maison ! En montant l'escalier , je tremble de rencontrer
Edouard.... Le nom de Thérèse ne
sort jamais de sa bouche. Je l'ai
toujours connu discret; et , depuis
quelque temps, il ne cesse de m'in-
terroger sur l'époque et le plan de
mon voyage. Je me suis écarté de
lui tout à coup.... En vérité , j'ai
cru le voir sourire et j'ai fui en
frémissant.

» Elle revient encore m'épouvanter, cette cruelle vérité que j'ai
d'abord découverte avec horreur,
et que je me suis accoutumé à mé-
diter ensuite avec plus de résigna-
tion : *Nous sommes tous ennemis.*
Si tu pouvais approfondir les pensées de tous ceux qui paraissent
devant toi, tu verrais que chacun
d'eux agite une épée en cercle autour de lui pour écarter les autres
de son propre bien, et pour leur
enlever même celui qu'ils possèdent. Cher Lorenzo, je vais m'é-
garer encore. Mais, non. Je dois
faire mes préparatifs... et te laisser
en paix.

» *P. S.* Je viens de revoir cette
vieille femme dont je crois t'avoir
déjà parlé une fois. La malheureuse
existe encore ! Seule, abandonnée

des journées entières, car tout le
monde se lasse de la secourir; elle
vit encore! et, depuis plusieurs
mois, ses sens luttent contre l'horreur de la mort. »

———

Ces deux derniers fragmens semblent de la même nuit.

———

» ARRACHONS le masque de ce
fantôme qui vient nous épouvanter. — J'ai vu les enfans frémir
d'horreur et se cacher à l'aspect
de leur nourrice déguisée. O
mort! je te regarde, et je t'inter-
roge...... Ce ne sont point les
choses, ce sont leurs apparences
seules qui nous effraient. Com-

bien d'hommes n'osent invoquer la mort et l'affrontent néanmoins avec courage ! Elle est pourtant un des élémens nécessaires de la nature. Pour moi, déjà toute son horreur s'est évanouie ; je la considère comme le sommeil du soirqui repose des travaux de la journée.

» Voilà le sommet de cette roche stérile, qui dérobe aux vallées inférieures les rayons bienfaisans de l'ame de la nature. — De quelle utilité suis-je ici bas ? si je détruis la félicité des autres à laquelle je devrais concourir, si je suis condamné à dévorer la portion de malheur assignée à chaque mortel, moi qui ai déjà, dans l'espace de vingt-quatre années, vidé le calice qui aurait suffi à la plus longue carrière.

Et l'espérance ? — Que cache-t-
elle à mes yeux ? Puis-je pénétrer
dans l'avenir pour lui abandonner le bonheur de mes jours ?
Hélas ! l'espérance n'est qu'une
ignorance fatale, qui caresse nos
passions et nourrit les maux de
l'humanité.

» Le temps vole, et j'ai perdu
dans la douleur cette partie de
ma vie, que depuis deux mois
seulement j'ai trouvé le moyen de
soulager. Cette blessure invété-
rée est désormais parvenue à son
dernier période. Je la sens dans
mon cœur, dans ma tête, dans
tout mon être. Mon sang bouil-
lonne et s'agite ; il semble qu'on
vient de la rouvrir. — C'est assez,
Thérèse, c'est assez. Ne vois-tu

pas en moi un malade que le désespoir et les tourmens entraînent
à pas lents vers la tombe ? Et
ne pourrais-tu pas d'un seul coup
mettre un terme aux douleurs de
ma cruelle agonie ?

» J'essaie la pointe de ce poignard, je le serre dans ma main,
je le regarde en souriant. Ici,
dans le milieu de ce cœur pal-
pitant.... et tout sera fini. Mais
ce fer est toujours devant mes
yeux. — O Thérèse ! qui peut
t'avoir aimée ? Et qui peut consentir à te perdre ?

» Je frotte mes mains pour en
effacer la trace de l'homicide.....
Il me semble qu'elles exhalent
l'odeur du crime. Les voilà pourtant sans taches et prêtes à me

» délivrer d'un seul coup du dan-
» ger de vivre un jour de plus....
» un seul jour, un moment.... Ah,
» malheureux ! tu n'as que trop
» vécu. »

———

10 mars au soir.

» J'AVAIS du courage ; mais ce dernier coup a presque anéanti toutes
mes forces ! Cependant ma résolu-
tionest inébranlable ; et toi, qui lis
jusqu'au fond de mon cœur, ô mon
Dieu, tu vois combien il m'en coûte
pour accomplir ce fatal sacrifice.

Lorenzo, elle était avec sa sœur ;
d'abord elle voulut m'éviter ; mais
bientôt elle s'assit, et la petite Isabelle, tout affligée, se plaça sur ses
genoux. Thérèse.... lui dis-je, en

m'approchant d'elle et en lui pre-
nant la main ; elle me regarda. L'aimable enfant passa son bras sur le
cou de Thérèse, et lui dit à voix
basse en s'approchant de son oreille :
» Je le vois bien, Jacopo ne m'aime
plus. — Si je t'aime ! m'écriai-je en
me penchant vers elle pour l'embrasser ; je t'aime, je te le répète
encore, je t'aime tendrement ; mais
tu ne me reverras jamais.—O mon
frère ! dit Thérèse en levant sur
moi ses yeux mouillés de larmes,
puis elle pressa dans ses bras sa petite Isabelle, et ajouta, en détour-
nant la vue..., tu vas nous quitter, et
cette enfant sera la seule compagne
de ma vie, le seul adoucissement
à mes douleurs ; je lui parlerai sans
cesse de son ami.... Je lui appren-
drai à le regretter et à le bénir.... »

Un torrent de pleurs l'empêcha de poursuivre ; et, je le sens encore en t'écrivant, je sens ma main toute humide de ses larmes. « Adieu, dit-elle encore, adieu pour jamais ; reçois ce don ; j'ai rempli ma promesse. » — En même temps elle me donna son portrait ; il était caché dans son sein. — » J'ai rempli ma promesse ; adieu pour toujours ; vas, fuis, emporte avec toi ce triste souvenir.... Il est baigné de mes larmes et des larmes de ma mère. » Et elle le suspendait elle-même à mon cou... Mes bras s'ouvrirent, je la serrai sur mon cœur ; ses soupirs ranimèrent mes lèvres brûlantes, et déjà ma bouche.... — Mais tout-à-coup la pâleur de la mort se répandit sur sa figure, ses mains froides et tremblantes cherchèrent à me repous-

ser... « Aie pitié de moi ! Adieu,
s'écria-t-elle d'une voix étouf-
fée et languissante ; » puis elle retomba sur le sopha en pressant dans
ses bras la petite Isabelle, qui san-
glottait avec nous. — M. T*** entra dans ce moment, et le spectacle
de notre douleur enfonça peut-être
dans son cœur le trait déchirant du
remords.

———

CE même soir, il paraissait tellement abattu lorsqu'il rentra, que
Michel lui-même soupçonna quelque cruel événement. Il reprit l'exa-
men de ses papiers, et les brûlait tous
sans les lire. Avant la révolution, il
avait écrit sur le gouvernement de
Venise un mémoire d'un style franc
et nerveux, avec ces mots de Lu-

cain pour épigraphe : *Jusque datum
sceleri*. Pendant une des soirées de
l'année précédente, il avait lu l'histoire de Laurette devant Thérèse,
et elle me dit ensuite que les morceaux détachés que j'avais reçus
avec la lettre du 29 avril n'étaient
pas le commencement, mais seulement quelques fragmens de l'ouvrage, qui, d'ailleurs, était entièrement terminé. Il n'épargna pas plus
ce manuscr itque les autres ; en général il avait fait choix, pour ses
lectures, d'un fort petit nombre de
livres ; il réfléchissait beaucoup et
souvent ; il lui arrivait de quitter tout-à-coup le tumulte du monde
pour se réfugier dans le calme de
la solitude. Ecrire était un besoin
pour lui : mais il ne me reste de ses
essais que son Plutarque rempli de

notes, et quelques cahiers tout déchirés, contenant quelques discours, parmi lesquels il en est un
assez long sur la mort de Nicias.
J'ai encore un Tacite dont il avait
traduit quelques passages, et parti-
culièrement le second livre des *Annales* tout entier, et une grande
partie du second livre des *Histoires*.
Ces morceaux sont traduits avec le
plus grand soin, et l'italien est re-
copié en marge avec beaucoup de
patience et d'un caractère extrêmement fin. J'ai trouvé les fragmens
publiés avec ces lettres au milieu
d'une foule de papiers déchirés
qu'il avait jetés sous son bureau,
comme je l'ai dit tout-à-l'heure.

Vers les onze heures, il renvoya
le jardinier et Michel; et probable-
ment il veilla toute la nuit, puis-

qu'il écrivit dans cet intervalle la
lettre précédente, et qu'il sortit tout
habillé de très-grand matin pour
éveiller son domestique, en lui recommandant d'aller chercher un
messager pour Venise. Il se mit
ensuite un instant sur son lit, et,
dès huit heures du matin, un paysan
le rencontra sur la route d'Arqua.

A midi le messager qu'il avait
demandé était prêt. Michel entra
dans sa chambre pour l'en prévenir, et le trouva sur une chaise,
absorbé dans les plus tristes réflexions. Il s'approcha de son secrétaire, et, sans s'asseoir, écrivit
ce qui suit au bas de sa lettre.

—————

» Mes lèvres sont brûlantes; ma
poitrine est oppressée; une amer-

tume.... un serrement de cœur....
— Si je pouvais au moins soupirer !
un nœud cruel m'ôte la respira-
tion, une main de fer s'appesantit
sur mon cœur.

» Lorenzo ! que te dirai-je ? je
suis homme....

» Mon Dieu, mon Dieu! daignez
m'accorder le soulagement des larmes. »

Il signa cette lettre et la fit partir
sans adresse. Il s'assit ensuite les
bras croisés et la tête appuyée sur
le secrétaire. Son domestique lui
demanda plusieurs fois s'il désirait
autre chose ; mais, sans se déranger,
il lui fit signe avec la tête qu'il n'a-
vait besoin de rien. Le même jour,

il commença pour Thérèse la lettre suivante :

Mercredi, à cinq heures.

» RÉSIGNE-TOI à la volonté du ciel ; cherche la félicité dans la paix de ton intérieur, et dans la bonne intelligence avec l'époux que les ort t'a destiné. Ton père est bon et malheureux, tu dois faire tomber la barrière qui le sépare d'une épouse, d'une mère, qui, dans la solitude et la douleur, t'appelle peut-être pour essuyer ses larmes. Tes jours sont nécessaires à ta réputation. Moi seul.... moi seul je dois mourir ; la tombe m'offre le repos ; et ce n'est qu'en mourant que je puis le rendre à ta famille. Mais toi, pauvre infortunée !....

» Que de fois j'ai déjà pris la plume
pour t'écrire, sans en avoir le courage. Grand Dieu! je vois que tu
ne m'abandonnes pas à mon heure
suprême, et la force que tu répands
dans mon cœur en ce moment est
le plus grand de tes bienfaits. Je
n'attends plus pour mourir que la
bénédiction de ma mère et les derniers embrassemens de mon unique
ami. C'est lui qui remettra tes
lettres à ton père, et tu pourras lui
confier aussi les miennes. Elles ren-
dront témoignage à ta vertu et à la
sainteté de notre amour. Non, ma
Thérèse, non, tu n'es pas la cause
de ma mort. Mes passions exaspérées, le malheur des êtres les plus
chers à mon cœur, les crimes de
l'humanité, la perspective assurée
d'un perpétuel esclavage.... tout

enfin depuis long-tems avait irrévocablement fixé mes destinées. Toi
seule, ô femme céleste ! toi seule
pouvais en adoucir la rigueur ;
mais les changer était impossible.
J'ai vu dans toi seule le soulagement
de tous mes maux ; j'ai osé me livrer à de douces chimères ; un en-
traînement irrésistible t'a rendue
sensible à mon amour, mon cœur
a pu te croire à lui tout entière ; tu
m'as aimé, tu m'aimes encore.... Et
puisque je te perds, je ne puis invoquer que la mort. Que ton père
ne m'oublie pas, je l'en conjure ;
mais qu'il ne conserve pas d'Ortis
un souvenir pénible ; qu'il ne pense
à lui que pour adoucir ta douleur
par les témoignages de sa pitié, et
pour se rappeler qui lui reste une
autre fille....

» Pour toi, ma seule amie, je n'en doute pas, non, tu ne seras pas assez cruelle pour oublier un infortuné. Relis sans cesse ces dernières paroles que je t'écris, je puis le dire, avec le sang tiré de mon cœur. Mon souvenir te préservera peut-être des malheurs qui suivent le crime. Ta beauté, ta jeunesse, l'éclat de ta fortune sont autant d'aiguillons qui ne manqueront pas d'exciter les autres et toi-même à ternir cette innocence à laquelle tu as sacrifié le premier, le plus cher de tes sentimens... cette innocence, qui fut ta seule consolation au milieu de tes souffrances. Tout ce que tu trouveras de séduisant dans le monde conjurera ta perte, cherchera à te ravir ta propre estime, à te confondre parmi cette foule de

femmes, qui, après avoir renoncé
à la pudeur, font trafic de l'amour,
de l'amitié, et traînent comme en
triomphe les victimes de leur perfidie.... Mais, non, ma Thérèse....
Sur ton visage angélique brille tout
l'éclat de la vertu, je l'ai respec-
tée.,,, et tu sais que je t'adorais
comme un objet sacré. — Image
divine de mon amie ! dernier don,
don précieux que j'admire, qui
verse plus de force dans mon cœur,
et qui me retrace l'histoire entière
de nos amours ! Tu peignais ce portrait le premier jour que je te vis ;
tous ceux qui se sont écoulés depuis repassent l'un après l'autre
dans ma pensée tous ces jours
qui furent les plus doux et les plus
cruels de ma vie. Tes pleurs ont
consacré cette image, quetes mains

charmantes ont elles-mêmes attachée sur mon sein.... Elle ne me
quittera plus ; je veux qu'elle des-
cende avec moi dans le tombeau. O
Thérèse ! te rappelles-tu combien
j'ai versé de larmes en recevant ce
charmant portrait ?.... Hélas ! dans
ce moment, j'en répands encore :
elles soulagent la tristesse de mon
cœur. Si même après le dernier
soupir il reste un souffle de vie, je
veux le consacrer à toi seule, et
mon amour partagera mon immor-
talité. — Ecoute, cependant, une
seule prière, c'est la dernière, elle
est sacrée : je t'en conjure par notre
amour infortuné, par les larmes que
nous avons répandues ensemble,
par la tendresse que tu ressens pour
les auteurs de tes jours, ces parens
pour lesquels tu t'es sacrifiée comme

une victime volontaire.... Ne laisse
pas ma pauvre mère sans consolation; peut-être viendra-t-elle me
pleurer dans cette solitude, qui lui
offre un asile contre les orages de
la vie. Toi seule est digne de pleurer avec elle et de la consoler. Quel
appui lui reste au monde si tu l'a-
bandonnes au milieu de ses peines,
de ses désastres, des infirmités de
sa vieillesse? N'oublie jamais qu'elle
est ma mère. »

Après minuit, il partit en poste
des monts Euganéens; et, vers les
huit heures du jour suivant, il arriva sur le bord de la mer; il y
prit une gondole et se fit transpor-
ter à Venise jusque dans sa mai-

son. Lorsque j'arrivai je le trouvai couché sur un sopha, et goûtant un sommeil tranquille. A son réveil, il me pria de terminer pour lui quelques affaires, et d'acquitter un vieux compte qu'il devait à un libraire. *Je ne puis,* me dit-il, *m'arrêter ici qu'aujourd'hui.* Quoiqu'il y eût près de deux ans que nous ne nous fussions vus, je ne le trouvai pas aussi changé que je m'y attendais ; mais je m'aperçus bientôt que sa démarche était lente, et qu'il se traînait avec effort ; sa voix, jadis vive et mâle, ne sortait qu'avec peine du fond de sa poitrine. Cependant il prenait sur lui pour parler, et lorsqu'il répondait aux questions que sa mère lui faisait à chaque instant sur son voyage, il souriait tristement et avec une expression

que je n'ai vue qu'à lui seul. Mais,
en général, il avait un air de réserve
qui ne lui était pas ordinaire. Je lui
dis que plusieurs de ses amis vien-
draient sans doute le voir dans la
journée, mais il me répondit qu'il
ne voulait recevoir personne au
monde, et il descendit lui-même
pour avertir le portier de répondre
qu'il n'était pas encore de retour.
J'ai souvent agité, ajouta-t-il en ren-
trant, *si je ne vous éviterais pas un
aussi grand chagrin à l'un et à l'autre, mais j'avais besoin de vous revoir.... et, croyez-moi, cette entrevue
est la plus rude épreuve de mon courage.*

Quelques heures avant la nuit il se
leva comme s'il voulait partir, mais
il n'eut pas la force de prononcer
le mot de départ. Sa mère s'appro-

cha de lui. »Es-tu irrévocablement décidé? lui demanda-t-elle.

— Oui, oui, s'écria-t-il, en l'embrassant et en cherchant à retenir ses larmes

— Qui sait si je te reverrai jamais ? Je suis vieille et cassée.

— Nous nous reverrons, peut-être..... ma tendre mère, consolez-vous, nous nous reverrons..... pour ne nous plus quitter : mais aujourd'hui...., aujourd'hui. — O Lorenzo ! je te la recommande. »

Elle se tourna tout effrayée vers moi : »C'est trop aussi ! m'écriai-je» et je lui parlai des dangers que la guerre allait rendre encore plus pressans, et que je courais moi-même sur-tout depuis que nos lettres avaient été interceptées. (Mes soupçons n'étaient par malheur que trop fondés, et quelques mois après je fus aussi contraint d'abandonner ma patrie.) Alors la mère d'Ortis s'écria : » Vis donc, ô mon fils, vis éloigné de moi. Depuis la mort de ton père je n'ai pu goûter un seul instant de bonheur. J'espérais passer près de toi ma vieillesse !..... Mais que la volonté du Seigneur s'accomplisse ! Vis ! J'aime mieux pleurer loin de toi, que de te voir... dans les fers... dévoué à la mort peut-être. » Les sanglots étouffaient sa voix.

Jacopo lui prit la main, la regarda comme s'il avait un secret à lui révéler ; puis tout-à-coup se remettant de son trouble, il lui demanda sa bénédiction.

- » Je te bénis, lui dit-elle, en levant les mains vers le ciel, je te

bénis , et puisse le Tout-Puissant
répandre également sur toi toutes
ses bénédictions. »

Près de l'escalier ils s'embras-
sèrent. Cette femme inconsolable
pencha sa tête sur le sein de son
fils.

.. Ils descendirent ; sa mère le bé-
nissait encore tandis qu'il couvrait
de baisers ses mains et son front
vénérable. Je les suivais en versant
des larmes , il vint m'embrasser ,
promit de m'écrire et me dit en
me quittant : *Conserve toujours le
souvenir de notre amitié !* Ensuite
il se retourna du côté de sa mère ,
la regarda un moment en silence ,
et s'éloigna. Au bout de la rue il se
retourna encore , nous salua de la
main, et jeta sur nous un triste regard qui semblait nous dire que

nous le voyions pour la dernière
fois.

Sa pauvre mère s'arrêta sur la
porte dans l'espérance qu'il se re-
tournerait peut-être pour la saluer
encore. Mais en détachant ses yeux
pleins de larmes de la place où il
venait de disparaître, elle s'appuya
sur mon bras et me dit, en remon-
tant l'escalier : *Cher Lorenzo, mon
cœur me dit que nous ne le reverrons
jamais.*

Un vieux prêtre , extrêmement
lié avec Ortis , et qui lui avait appris le grec , vint dans la soirée ,
et nous raconta que Jacopo s'était
rendu à l'église où l'on avait en-
terré Laurette. La porte étant fermée, il voulut absolument se la
faire ouvrir par le sonneur, et il
donna quelque chose à un enfant

du voisinage pour aller chercher le
sacristain, qui avait les clefs. En attendant il s'assit dans la cour sur
une pierre, puis un moment après
il se leva et vint appuyer sa tête
contre la porte de l'église. Il était
déjà presque nuit lorsqu'il s'aperçut qu'il entrait du monde dans la
cour; alors il s'éloigna sans attendre
davantage. Le vieux prêtre tenait
tous ces détails du sonneur. Je
sus, quelques jours après, que
Jacopo était allé voir la mère de
Laurette à l'entrée de la nuit. » Il
» me parut triste; me dit-elle, il
» ne me parla pas de ma pauvre
» fille, et de mon côté je n'eus pas
» le courage de prononcer le nom
» de Laurette, pour ne pas l'affliger
» davantage. En descendant l'es-
» calier, il me dit : — Allez, dès

» que vous le pourrez, allez porter
» vos consolations à ma mère. »

—

Pour adoucir la douleur de sa
mère et calmer les tristes pressentimens qui m'agitaient moi-même,
je me décidai à l'accompagner jusqu'à Ancône. Cependant, en quittant Venise, il avait pris la route
de Padoue, et s'était rendu chez le
professeur C*** où il avait passé
le reste de la nuit. Le lendemain
matin son hôte, en recevant ses
adieux, lui offrit des lettres pour
quelques gentilshommes des envi-
rons de Venise, qu'il avait comptés
jadis au nombre de ses élèves. Jacopo le remercia sans accepter ni
refuser ses offres. Il revint ensuite

aux monts Euganéens, d'où il m'é-
crivit sur le champ la lettre suivante :

———

.Vendredi, à une heure.

» O LORENZO, mon véritable,
mon seul ami... pardonne. Je ne te
recommande pas ma mère... Je n'en
doute pas, tu seras pour elle un
second fils. Mais, ô ma mère, tu
n'auras plus celui qui devait consoler ta vieillesse, qui devait soutenir sur son sein ta tête blanchie
par les années.... A ses derniers
momens tes baisers ne réchauffe-
ront pas ses lèvres mourantes; et
peut-être..... peut-être la douleur
va-t-elle aussi te donner la mort.
— Lorenzo, mon cœur hésitait
encore... Est-ce bien là, me disais-

je, la récompense que je lui dois
pour vingt-quatre ans de soins et
d'espérance ?.... Mais le sort en est
jeté.... le ciel le veut, il ne l'aban-
donnera pas...., ni toi non plus,
tu me promets de ne pas l'abandonner.

» O Lorenzo! tant que mon cœur
n'a désiré qu'un ami fidèle, mes
jours se sont écoulés dans le bonheur. Que le ciel t'en récompense!
Pouvais-tu croire que le désespoir
serait le prix de ton amitié ?.....
Arme-toi de courage, console-
toi.... console-toi. Ma vie t'aurait
fait répandre plus de larmes que
mon trépas.

» Tu remettras ces papiers au père
de Thérèse. Rassemble mes livres
et garde-les en mémoire de ton
cher Jacopo. Je te recommande

Michel, à qui je laisse ma montre, ma modeste garde-robe, et l'argent que tu trouveras dans le coffre de mon secrétaire.... Viens ; ce n'est qu'à toi seul qu'il est permis de l'ouvrir ; il renferme une lettre pour Thérèse : remets-la secrètement toi-même, je t'en conjure. Adieu., adieu. »

———

Il se mit ensuite à terminer la lettre qu'il avait commencée pour Thérèse.

———

» Je reviens à toi, ma Thérèse! si pendant ma vie tu ne pouvais m'écouter sans crime...., écoute-moi maintenant.... : je te consacre le peu d'instans qui me séparent de la

mort ; je les consacre à toi seule.
Quand tu recevras cette lettre , la
terre pèsera sur mon corps inanimé ; de ce moment peut-être ils
commenceront tous à m'oublier ,
et bientôt mon nom même s'effa-
çera de leur mémoire..... Entends
ma voix, elle sort déjà du tombeau.
Tu pleureras mes jours évanouis
comme un songe ; tu pleureras notre
amour , cet amour obscur comme
la lueur incertaine de la lampe qui
brûle dans le séjour de la mort. —
Oui, ma Thérèse , il le faut, mes
maux doivent avoir un terme ; ma
main ne tremble point en saisissant
ce fer libérateur , puisque je renonce à la vie lorsque tu m'aimes...,
lorsque je suis encore digne de toi,
digne de tes regrets , et que je puis
offrir mes jours en sacrifice à toi

seule et à ta vertu. Oui, tu pourras
alors m'aimer sans crime... , et je
réclame ton amour; je le réclame
comme un soulagement à mes douleurs, comme une récompense de
la passion qui me dévore, comme
le prix de mon cruel sacrifice. Ah!
si tu passais un jour près de ce
jeune infortuné sans laisser tomber
un regard sur le gazon de sa sépulture... Quelle affreuse idée! l'éternel oubli doit-il dévorer ma mémoire jusqu'au fond de ton cœur?

. » Moi, partir! tu l'as pu croire?
Moi, te laisser en proie à des com-
bats sans cesse renaissans, te livrer
à un désespoir éternel? Lorsque
tu m'aimes, que je t'adore, que
mon amour, je le sens bien, dure-
rait plus que ma vie, je te quitte-
rais avec l'espérance de voir notre

passion s'éteindre avant le terme de
nos années? Non, la mort, la mort
seule peut nous séparer. Depuis
long-tems je creuse ma fosse; je
me suis accoutumé à la contempler
jour et nuit, à la mesurer froidement..., et même, dans ces derniers
momens, à peine la nature pousse-
t-elle un faible gémissement... Je
te perds, et je dois mourir. — Toi-
même, tu m'évitais; nous retenions
nos larmes..., et mon effrayante
tranquillité ne t'a point révélé que
je te demandais un dernier soupir,
que je te disais un éternel adieu?

» Si le père des hommes me cité
devant son tribunal, s'il me demande compte de ma vie, je lui
présenterai des mains pures, un
cœur sans tache. Je lui dirai : Je
n'ai point dépouillé l'orphelin, ni

la veuve; je n'ai point persécuté le
malheureux ; je n'ai point trahi , je
n'ai point lâchement abandonné
mon ami ; je n'ai pas troublé le
bonheur des amans, profané l'innocence, divisé les frères ; je n'ai
pas vendu ma conscience pour de
méprisables richesses... J'ai partagé
mon pain avec le pauvre ; j'ai mêlé
mes larmes aux larmes de l'affligé ;
j'ai pleuré sur les malheurs des
hommes... Si tu m'avais donné une
patrie, je lui aurais consacré mes
talens ; j'aurais versé tout mon sang
pour elle ; et cependant ma faible
voix a fait entendre courageusement
la vérité. Ai-je été corrompu par
le monde, qui m'a présenté toutes
ses amorces ? Non, non. Elles ont
pu me séduire un instant , mais
elles n'ont jamais subjugué mon

âme...., et j'ai cherché la vertu dans
la retraite et dans la solitude. J'ai
cédé, j'en conviens, au pouvoir de
l'amour..., et c'est toi, c'est toi-
même qui m'as présenté le bonheur : tu l'as embelli des rayons de
ta lumière divine ; tu m'as donné
un cœur capable de le connaître et
de l'aimer... Mais, après avoir été
bercé par mille espérances trom-
peuses, j'ai fini par tout perdre, et,
maintenant, inutile aux autres, fatal
à moi-même, je me suis affranchi
d'un malheur certain, d'un désespoir éternel. Jouis-tu, ô mon père,
des gémissemens de l'humanité ;
veux-tu qu'elle supporte les maux,
quand ils ont comblé la mesure de
ses forces ? N'accorderais-tu donc
à l'homme le pouvoir de mettre un
terme à ses souffrances que sous

la condition de négliger ce précieux don , et de traîner une vie inutile entre le crime et le désespoir? Et, je le sens par moi-même , les maux extrêmes n'ont pour refuge que le crime ou la mort. — Console-toi , Thérèse; si ce dieu que tu implores avec tant de ferveur ne dédaigne pas du haut de son trône de veiller sur la vie et sur la mort d'une faible créature, il ne détournera pas ses regards de ton ami. Il sait qu'il m'est impossible de résister davantage ; il a vu les assauts. que j'ai soutenus avant d'en venir à cette fatale réso- lution... Il a entendu mes cris lors- que je le suppliais d'écarter de moi ce calice rempli d'amertume. Adieu doncà toutl'univers. O mon amie ! la source de mes larmes est-elle donc inépuisable ? Elles recommencent à couler; je tremble, je frémis encore...; mais un moment, un seul moment et tout sera fini. Hélas! loin de s'éteindre, mes passions me possèdent, elles me dévorent; ce n'est que dans une nuit éternelle que je puis ensevelir mes désirs et mon désespoir. Mais, avant de se fermer pour toujours, mes yeux, baignés de pleurs, te cherchent encore. Je veux te voir, je veux te voir pour la dernière fois; je te laisserai mes derniers adieux; je recueillerai tes larmes, seule récompense de tant d'amour! »

———

« J'ARRIVAI de Venise vers les cinq heures, et le rencontrai à quelque distance de chez lui; il se rendait chez Thérèse pour lui faire ses

adieux ; mon apparition imprévue
le consterna, et, bien plus encore,
mon projet de l'accompagner jusqu'à Ancône. Il m'en remercia tendrement, et ne négligea rien pour
m'en détourner ; mais voyant que
j'étais inébranlable, il cessa de m'en
parler et me pria de venir avec lui
chez M. T***. Pendant le chemin
il garda le plus profond silence. Sa
démarche était lente, et tous ses
traits portaient l'empreinte d'une
sombre tranquillité. Hélas ! devais-
je supposer que dans ce moment
même il était absorbé dans ses
dernières pensées ? Nous entrâmes
par la porte du jardin ; il s'y arrêta
un instant, leva les yeux vers le
ciel, et me dit, en me regardant :
« Ne te semble-t-il pas que la lumière
» du jour n'a jamais été plus belle ? »

» En approchant de la chambre de Thérèse, j'entendis sa voix... « On n'est pas maître de son cœur, disait-elle. » Je ne sais si Jacopo, qui me suivait, l'entendit comme moi, mais il n'en témoigna rien. Nous entrâmes : Edouard se promenait à grands pas, le père de Thérèse était assis près d'une table dans le fond de l'appartement, le front appuyé sur sa main. Chacun de nous garda long-tems un profond silence. Jacopo le rompit enfin, en disant : « demain, je ne serai plus avec » vous. » En même-tems il s'approcha de Thérèse, prit sa main, la baisa, et je vis les yeux de cette femme charmante se remplir de larmes. Jacopo, sans quitter sa main, la supplia de faire appeler la petite Isabelle. La douleur de cette

enfant fut si touchante , ses cris si
déchirans , qu'aucun de nous ne
put retenir ses pleurs. A peine eut-
elle compris qu'il allait s'éloigner ,
qu'elle se pendit à son col , et lui
répéta d'une voix entrecoupée de
sanglots : « Mon Jacopo , pourquoi
» veux-tu me quitter ?..... Reviens
» vite, je t'en conjure ». Il ne put
entendre davantage l'expression
d'un attachement si tendre. Il remit
Isabelle entre les bras de Thérèse ,
et sortit en criant : Adieu , adieu.
M. T*** le reconduisit jusqu'en
dehors de la maison ; il le pressa
plusieurs fois dans ses bras , et le
quitta sans avoir la force de prononcer une seule parole. Edouard ,
qui nous suivait, lui serra la main
en lui souhaitant un bon voyage.

» Il était déjà nuit : dès que nous

fûmes arrivés chez lui, il dit à Michel de faire sa malle, et me pria
avec instance de retourner à Padoue
pour prendre les lettres que lui avait
proposées le professeur C***. Je
partis à l'instant même. »

Alors il ajouta ce qui suit au
bas de la lettre qu'il avait préparée
pour moi dans la matinée :

———

» Puisque je n'ai pu t'épargner la
douleur de me rendre les derniers
devoirs, mets le comble à tes bienfaits en m'accordant une dernière
grace. Avant ton arrivée, j'avais
résolu d'écrire au curé, mais c'est
à toi seul maintenant que je m'a-
bandonne pour ce pénible of-
fice. Que je sois enseveli, je t'en
conjure, tel que l'on me trouvera;

point de convoi, point de pierre sé-
pulcrale ; que mon corps soit déposé pendant la nuit, au milieu
d'un site isolé, sous les pins de la
colline, en face de l'église. J'exige
encore que le portrait de Thérèse
soit déposé sur mon cœur, dans
mon tombeau.

28 mars 1799.

Ton ami,

JACOPO ORTIS. »

Il sortit encore ; et se trouvant
vers les onze heures au pied d'une
montagne, située à deux milles de
sa maison, il frappa à la porte d'un
paysan, et le réveilla pour lui demander de l'eau, dont il but avec
avidité.

Il était plus de minuit quand il

rentra ; un instant après il sortit de
sa chambre, et remit à son domestique une lettre cachetée pour moi,
en lui recommandant expressément
de ne la rendre qu'à moi seul.
« Adieu Michel, ajouta-t-il, en lui
» serrant la main, ne m'oublie pas ».
Il le regardait en même-tems avec
amitié... Puis, tout-à-coup, il rentra dans sa chambre, et ferma la
porte après lui. Alors il continua
la lettre de Thérèse.

A une heure.

« J'ai parcouru mes montagnes
chéries ; j'ai revu le lac des Cinq
Fontaines ; j'ai dit adieu pour toujours au ciel, aux forêts, aux campagnes. O mon aimable solitude !
ruisseau dont le cours m'a dirigé

pour la première fois vers la de-
meure de cette femme céleste, que
de fois j'ai répandu des fleurs dans
tes flots limpides qui coulaient sous
ses fenêtres! combien de fois, près
de Thérèse, n'ai-je pas suivi les
sinuosités de tes eaux! Je m'eni-
vrais du bonheur de l'adorer, et,
sans m'en apercevoir, je vidais à
longs traits le calice de la mort.

» Arbre sacré! je viens de t'adorer
aussi ; je t'ai laissé mes derniers gémissemens et les derniers témoignages de ma reconnaissance. O ma
Thérèse! je me suis prosterné devant le tronc de ce murier... Ce gazon s'est arrosé de mes larmes; il
me semblait y retrouver encore
l'impression de ton corps divin....
je croyais y respirer encore ce
parfum qui t'environne. Heu-

reuse soirée! tu es gravée dans mon
cœur en traits ineffaçables!... J'étais
assis près de toi, ma Thérèse, les
doux rayons de la lune perçant à
travers le feuillage éclairaient ta figure angélique! j'ai vu couler une
larme sur tes joues, je m'en suis
enivré, et nos lèvres..., nos soupirs se sont confondus, et mon
âme toute entière a passé dans la
tienne. C'était le soir, le 13 de mai,
un jeudi. Depuis ce jour, il ne s'est
pas écoulé un seul moment que le
souvenir de cette heureuse soirée
n'ait soutenu mon courage; j'étais
à mes propres yeux un objet sacré;
aucune femme n'a obtenu de moi un
regard; en existait-il une seule digne
du mortel heureux qui avait goûté
sur ta bouche la plus pure des vo-
·luptés ?

✱

» Oui, je t'aimai, je t'aime encore d'un amour que personne ne saurait concevoir. La mort est peu de chose, ô mon ange! la mort est peu de chose pour celui qui a reçu l'aveu de ton amour, qui a mêlé ses larmes avec les tiennes, et qui a senti pénétrer jusqu'au fond de son ame la douceur ineffable d'un de tes baisers... J'ai déjà un pied dans la fosse; et même en ce moment tu es encore là devant mes yeux; en mourant ils se fixent sur toi; je te vois dans tout l'éclat de ta beauté, et bientôt !... Tout est prêt; la nuit n'est déjà que trop avancée... Adieu... Dans quelques momens nous serons séparés par le néant, ou par l'incompréhensible éternité. Le néant ? Oui, oui, prêt à me séparer de toi, s'il n'existe aucun séjour où nous puissions nous réunir pour jamais, j'invoque le Tout-Puissant, je lui demande du fond de mon ame, je lui demande en ce moment terrible, je lui demande de me replonger dans le néant. Cependant je meurs sans tache, maître de moi-même, rempli de ton image et sûr de tes regrets. Pardonne-moi, Thérèse, si jamais...

» Console-toi et consens à vivre pour rendre le bonheur à nos infortunés parens, ta mort ferait maudire mes cendres.

» Si quelqu'un osait t'accuser de mon cruel destin, montre-lui, pour le confondre, ce serment solennel que je prononce en me précipitant dans la nuit du trépas : Thérèse est innocente.

» Adieu , adieu... Reçois mon
dernier soupir. »

———

Le domestique qui couchait dans
la chambre voisine fut réveillé par
une espèce de gémissement sourd
et plaintif ; il prêta l'oreille pour
savoir si par hasard son maître ne
l'avait pas appelé , et courut ensuite
à la fenêtre , avec la pensée que
c'était peut-être moi qui criais à la
porte , car j'avais annoncé que je
serais de retour vers le point du
jour ; mais s'étant assuré que tout
était tranquille , et que la nuit avait
parcouru tout au plus la moitié de
sa carrière , il revint se coucher et
se rendormit. Il me dit ensuite que
ce gémissement l'avait effrayé , mais
que cette impression ne tarda pas à

se dissiper, parce qu'il savait que
son maître avait l'habitude de se
tourmenter ainsi pendant son sommeil.

Le matin, Michel après avoir
vainement appelé et frappé à la
porte, força les verroux, et n'en-
tendant aucun bruit, se précipita
en tremblant de l'antichambre dans
l'appartement de son maître. Il vit
alors, à la lueur de la bougie qui
brûlait encore, le malheureux Jacopo baigné dans son sang. Il ouvrit
les fenêtres à l'instant en appelant
du secours ; et, comme personne ne
s'empressait d'accourir, il vola lui-
même chercher le chirurgien, qui,
dans ce moment, était près d'un
mourant. Il courut ensuite chez le
curé, qui venait de sortir pour le
même motif. Enfin, il entra tout

hors d'haleine chez M. T***, et là,
ses pleurs et ses cris apprirent à
Thérèse, qu'il rencontra la première, que son maître s'était blessé,
mais qu'il ne le croyait pas encore
sans vie.

Thérèse fit deux pas, tomba
évanouie, et resta long-tems sans
connaissance dans les bras d'E-
douard. M. T*** accourut dans
l'espérance de pouvoir donner quelques secours à notre malheureux
ami. Il le trouva étendu sur un ca-
napé, la figure appuyée sur les
coussins; sans mouvement, mais
de tems en tems il respirait encore. Il s'était frappé près du cœur,
mais il avait arraché lui-même le
poignard de sa blessure, et laissé
tomber l'arme fatale à ses pieds. Son
habit noir et sa cravatte étaient près

de lui sur une chaise; il était en
bottes, vêtu d'un simple gilet et
d'un pantalon; une large ceinture
de soie, qu'il paraissait avoir voulu
détacher après s'être donné le coup
mortel, traînait d'un côté jusqu'à
terre; sa chemise ensanglantée était
collée sur sa poitrine. M. T*** la
détacha doucement de la blessure :
la douleur parut ranimer un moment l'infortuné; il leva la tête, et
tournant vers son ami des yeux déjà couverts des ombres du trépas,
d'un bras il refusait ses secours, et
de l'autre il cherchait à lui serrer la
main... Mais bientôt sa tête retomba
sur les coussins; il tourna ses regards vers le ciel, et rendit le dernier soupir.

La blessure était large et profonde, cependant elle n'avait point

touché le cœur, et sans l'immense
quantité de sang qu'il avait perdu
et qui coulait par torrens dans la
chambre, il eût été possible de lui
sauver la vie. Le portrait de Thérèse, qui pendait à son col, était
également couvert de sang, excepté
dans le milieu, et les lèvres ensan-
glantées de Jacopo nous firent pré-
sumer qu'au milieu des horreurs de
l'agonie il couvrait encore de baisers l'image de son amante. La bible
était fermée sur son secrétaire ; sur
le livre on voyait sa montre, et tout
auprès quelques feuilles de papier
blanc, sur l'une desquelles il avait
écrit : *ma tendre mère;* puis au bout
de plusieurs lignes toutes raturées,
on lisait encore le mot *expiation...,*
et plus bas: *désespoir éternel.* Sur
une autre feuille nous trouvâmes

encore l'adresse de sa mère, comme
s'il s'était repenti de la première
lettre qu'il lui avait adressée, et
qu'il eût voulu en écrire une secon-
de qu'il ne se sentit pas le courage
d'achever.

En arrivant de Padoue, où j'a-
vais été retenu plus long-temps que
je ne le voulais, je fus effrayé par
la foule de paysans qui pleuraient
à l'entrée de la cour. Quelques-uns
me regardaient avec étonnement,
et l'un d'eux me supplia de ne pas
monter. Je me précipitai dans la
chambre en tremblant. Le père de
Thérèse, livré au plus profond désespoir, tenait étroitement embrassé
le corps inanimé de mon malheureux ami; Michel était prosterné la
face contre terre. Je ne sais comment j'eus la force de m'approcher,

de porter une main sur son cœur,
près de la blessure... Il était mort...
sans mouvement, sans chaleur ;
mes pleurs ne pouvaient couler.
Ma langue était glacée... Je regardais
son sang avec un étonnement stu-
pide ; enfin, le curé et le chirurgien
qui arrivèrent en même-temps, nous
arrachèrent à cet horrible spectacle.
Thérèse garda long-temps un morne
silence, que n'osait troubler sa famille affligée. — La nuit suivante
je me traînai derrière le corps de
mon ami que trois laboureurs ense-
velirent sur la montagne des Pins.

FIN DU SECOND ET DERNIER VOLUME.

On trouve chez Pillet, imprimeur-libraire, rue Christine, n° 5, un grand assortiment de romans nouveaux, et entr'autres les suivans :

Adriana , ou *les Passions d'une Italienne.* Par J. R. Durdent. Trois vol. in—12.   6 fr.

Le Visionnaire , ou *la Manie des Prodiges* , par Mme de ***, auteur d'*Un Hiver à Londres* , *Henri* , ou *l'Amitié* , etc. Quatre vol. in—12.   8 fr.

Henri , ou *l'Amitié.* Traduit de l'allemand d'Auguste Lafontaine, par Madame ***. Deux vol. in—12.   4 fr.

Alisbelle et Rosemonde , ou *les Châtelaines de Grentemesnil.* Trois vol. in—12.   6 fr.

Eblis , ou *la Magie des Perses.* Un vol. in—12.
                                                2 fr. 50 c.

Pour paraître incessamment.

Les Vendéens , suite d'*Adriana* , par le même auteur.

———————

On trouve à la même adresse :

L'Hermite de la Chaussée – d'Antin , ou *les Mœurs Parisiennes au* 19e *siècle* , 4 vol. in-12, ornés de 8 gravures. Prix. . . . 14 fr. 75 c.

NOTA. Le tome 5e et dernier de cet intéressant ouvrage paraîtra dans les premiers jours de juillet.